人文阅读与收藏·良友文学丛书

舒乙题

原丛书主编：赵家璧

特邀顾问：舒　乙　赵修慧　赵修义　赵修礼　于润琦

出 品 人：马连弟
监　　制：李晓琤
执　　行：张娟平
统　　筹：吴　晞　姚　兰
装帧设计：赵泽阳

特别鸣谢（按姓氏笔画排列）：
韦　韬　叶永和　李小林　沈龙朱　陈小滢　杨子耘
张　章　周　雯　周吉仲　舒　乙　蒋祖林　施　莲
姚　昕　俞昌实　钟　蕻　郑延顺　赵修慧
以及在版权联系过程中尚未联系到的作者或家属

特别鸣谢：
上海鲁迅纪念馆
北京鲁迅博物馆
北京大学中国语言文学系
复旦大学中国语言文学系
中国作家协会权益保障委员会

人文阅读与收藏·良友文学丛书

大江

端木蕻良 著

中国国际广播出版社

良友版《大江》平装本封面

良友版《大江》扉页

良友版《大江》版权页和内文插图

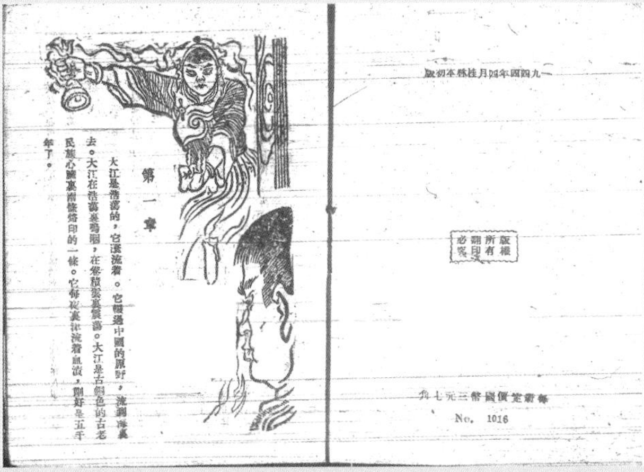
一九四四年四月桂林本初版

版權所有 翻印必究

每冊定價國幣三元七角

No. 1016

第一章

大江是浩蕩的，它還流着。它穿過中國的原野，流到海裏去。大江在浩蕩裏嗚咽，在堆積裏震蕩。大江是古銅色的古老民族心臟裏兩條烙印的一條。它每夜裏流着血液，剛好是五千年了。

良友版《大江》内文

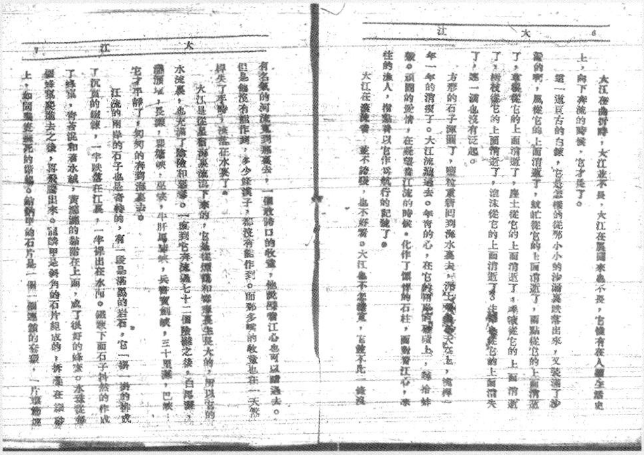

大江在曲折時，大江並不長，大江在展開來也不長，它僅有在人類全歷史上，向下奔流的時候，它才長了。

這一道巨古的白練，它是怎樣的從那小小的沙灘裏跌落出來，又裝滿了沙漠的啊，風從它的上面消逝了，蚊虻從它的上面消逝了，雨點從它的上面消逝了，[illegible]從它的上面消逝了，塵土從它的上面消逝了，呼喊從它的上面消逝了，樹枝從它的上面消逝了，泡沫從它的上面消逝了，[illegible]從它的上面消失了，連一滴也沒有泛起。

方形的石子滾圓了，[illegible]重新回到海水裏去，[illegible]大江上，憔悴一年一年的消瘦了。大江流過過去。年青的心，在它的[illegible]上，歸拾結繫。頑固的愛情，在繞着江流的時候，化作了傲骨的石柱，面對着江心，來往的漁人，指點着以它作爲航行的記號了。

大江在[illegible]，並不跳躍，也不辯嘗。大江也不[illegible]，它就不比一[illegible]

有名氣的河流更到那裏去，一個放諸口的收藏，他既踩着江心也可以躍過去。但是他沒有那作到，多少條漢子，都沒有能作到。而那多嘴的敘述也在一天幾埋失了平靜，淡淡在水裏了。

大江是從星宿海裏流瀉下來的，它是從煩躁和寧靜裏生長大的，所以它的水流裏，也充滿了險陰和平靜。一直到它奔流過七十二個險灘之後，白鹽灘，灩澦堆，長灘，瞿塘峽，巫峽，牛肝馬肺峽，兵書寶劍峽，三十里灘，巴峽，它才平靜了，匆匆的奔到海裏去。

江流的兩岸的石子也是奇特的，有一段是落黑的岩石，它一搦一搦的排成了沉重的鎖鍊，一半跌落在江裏，一半裸出在水面。纖維下面石子抖然的作成了蜂窠，背着泥和着水絨，青黴黴的黏附在上面，成了很好的蜂窠。水珠從蜂窠蜂窠起流去之後，再飛濺出來。鼠蹼甲是斜角的石片組成的，拆來在[illegible]上，如同雕鏤精美的[illegible]。蝕蝕甲的石片是一個一個連鎖的套環，一片壞[illegible]

《良友文学丛书》新版出版说明

二十世纪三四十年代，著名编辑赵家璧在上海良友图书公司老板伍联德的支持下，历经十余年，陆续出版《良友文学丛书》，计四十余种。其中三十九种在上海出版，各书循序编号，后出几种则无。该套丛书以收入当时左翼及进步作家的作品为主，也选入其他各派作家作品。其中小说居多，兼及散文和文艺论著；第一号是鲁迅的译作《竖琴》。丛书一律软布面精装（亦有平装普及本），外加彩印封套，书页选用米色道林纸，售价均为大洋九角。

《良友文学丛书》选目精良，在现在看来，皆为名家名作；布面精装的装帧更是被许多爱书人誉为“有型有款”。不可否认，在装帧设计日益进步的当下，这套出版于二十世纪三四十年代的丛书外形已难称书中翘楚，但因岁月洗汰，人为毁弃，这套曾在出版史上一度“金碧辉煌”过的丛书首版已然成为新文学极其珍贵的稀见“善本”。

在《良友文学丛书》首版八十周年之际，为满足现代普通读者和图书馆对该丛书阅读与收藏的需求，我们依据《良友文学丛书》旧版进行再版（四种特大本不在其列）。本着尊重旧版原貌的原则，仅对旧版中失校之处予以订正。新版《良友文学丛书》采用简体横排的形式，以旧版书影做插图，装帧力求保持旧版风格，又满足当下读者的审美趣味。希望这一出版活动对缅怀中国出版前辈们的历史功绩和传承中国文化有所裨益，也希望广大读者多提宝贵意见和建议，以便我们把日后的工作做得更好。

《良友文学丛书》新版校订说明

一、本丛书收录原良友图书公司编辑赵家璧主编《良友文学丛书》共四十六种（四种特大本不在其列），乃为目前发现且确系良友版之全部。

二、此番印行各书，均选择《良友文学丛书》旧版作为底本，编辑内容等一律保持原貌，未予改窜删削。

三、所做校订工作，限于以下各项：

（1）将繁体字改为简体字；

（2）原作注释完全保留；

（3）尽量搜求多种印本等资料进行校勘，并对显系排印失校者在编辑中酌予订正；

（4）前后字词用法不一致处，一般不做统一纠正；

（5）给正文中提到的书籍和文章及其他作品标上书名号，原作书名写法不规范、不便添加符号者，容有空缺；

（6）书名号以外其他标点符号用法，多依从作者习惯，除个别明显排印有误者外均未予改动。

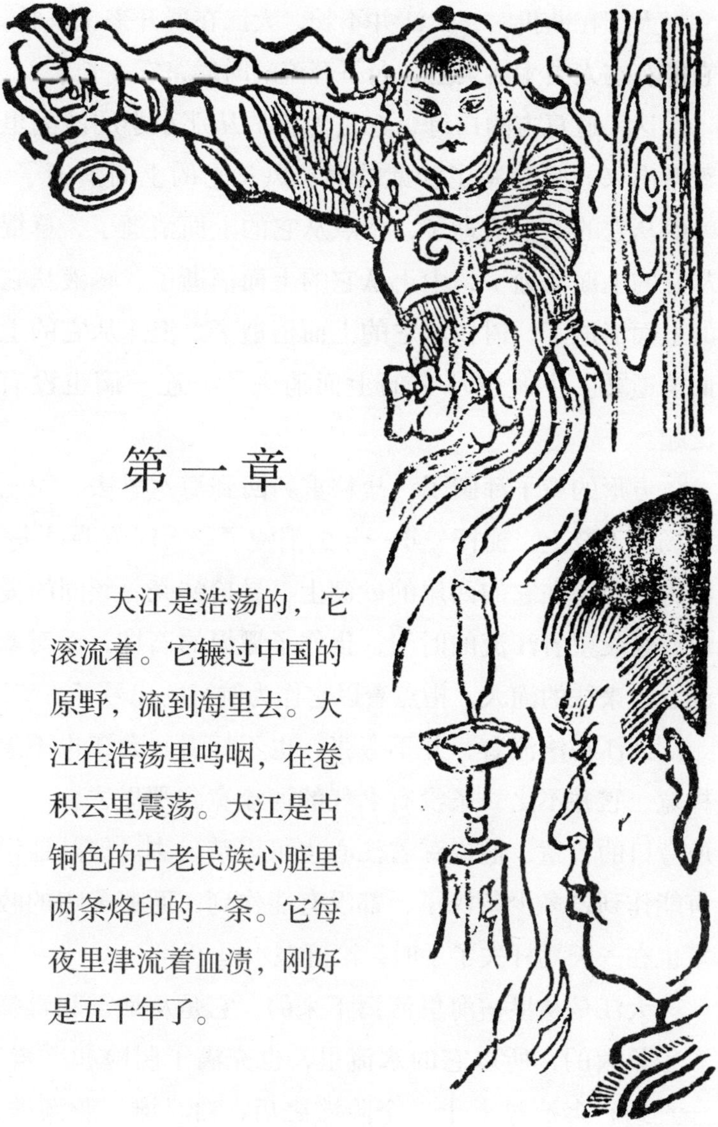

第一章

大江是浩荡的，它滚流着。它辗过中国的原野，流到海里去。大江在浩荡里呜咽，在卷积云里震荡。大江是古铜色的古老民族心脏里两条烙印的一条。它每夜里津流着血渍，刚好是五千年了。

大江在曲折时，大江并不长，大江在展开来也不长，它惟有在人类生活史上，向下奔流的时候，它才长了。

这一道亘古的白练，它是怎样的从那小小的沙漏里跌落出来，又装满了沙漏的啊。风从它的上面消逝了，蚊虻从它的上面消逝了，雨点从它的上面消逝了，草棍从它的上面消逝了，尘土从它的上面消逝了，唾液从它的上面消逝了，树枝从它的上面消逝了，泡沫从它的上面消逝了。生命也从它的上面消失了，连一滴也没有泛起。

方形的石子浑圆了，盐粒重新回到海水里去，泥土飞扬在天空上，桅杆一年一年的消瘦了。大江流淌过去。年青的心，在它的两岸的砂碛上，寻拾蚌壳。顽固的爱情，在凝望着江流的时候，化作了慓悍的石柱，面对着江心，来往的渔人，指点着以它作为航行的记号了。

大江在滚流着，并不夸张，也不好看。大江也不怎样宽，它并不比一条没有名气的河流宽到那里去，一个敢夸口的牧童，他说踩着江心也可以踏过去。但是他没有能作到，多少条汉子，都没有能作到；而那多嘴的牧童也在一天篙杆失了手时，滚落在水里了。

大江是从星宿海里流泻下来的，它是从烟霭和毒瘴里生长大的，所以它的水流里，也充满了阴险和恶毒。一直到它奔流过七十二个险滩之后，白马滩，滟滪堆，长滩，瞿塘峡，巫峡，牛肝马肺峡，兵书宝剑峡，三十里滩，巴峡……它才平静了，匆匆的奔到海里去。

江流的两岸的石子也是奇特的，有一段是湛黑的岩石，它一挂一挂的排成了沉着的铁链，一半跌落在江里，一半裸出在水面。铁链下面石子抖然的作成了蜂窠，青苔混和着水绒，黄漉漉的黏附在上面，成了很好的蜂蜜。水珠从每个蜂窠爬进去之后，再飞腾出来。龙麟甲是斜角的石片组成的，拆叠在细砂上，如同整只垂死的蜥蜴。销钠甲的石片是一个一个连锁的套环，一片环节连接在另外一个节片上。云片似的石层也一坡一塘的躺卧着，酥糖似的散落起来。树根崖是每块石头都粗糙得像酸枣木的根，而黑莹岩，则晶洁得像一条条水葱般的黛色的玉。马肺石是被几千万只肺痨的细菌所腐蚀，一束脓疽溃烂的肺在江沿上倒挂着。污黑的血就从这上面向下滴搭，沙石岩，火成岩，风化岩，黏土层，木变石，涪凌石，硃砂石，钟乳石，盆底石，火马石，石钟石，河淤层，玳瑁石，白晶石，吸水石，红瑕石，随处的替换着，它们就这样粗心大意的规整了狗牙样的河床。

大江夺出了夔门，迎面突起了巫山，这几千年耸立在这儿的女娲的另外的一只嘴唇，它是饥渴的吞食着大江，这块石头是以整个的山形作成了的一个青葱的奥秘。只有一个诗人曾说破过，后来没有一个人说破过。

大江也流过了酆都，受过阎王的点验，每天夜里由小鬼数清了河底的砂粒再放行，（舟行的渔人都这样诉说）大江淌流过去。

大江就在眼底，一点也不渺远，伸手就可以掏出水来吃的。大江无感觉的流着，一切的滚流都是下意识的，而又白天黑夜奔流不息。湿气从它四面滋长着，炎热从水面上泛起，浊露混腾着。日光斜射在水面，金光四闪，木制的船摇荡着，布的帆影划过，大江在金沙江那一段曾沸煮过，所以在下流里也仍然冒着热气，在夏天大江的热郁伴随着苍蝇蒸腾起来了。粗劲的腰杆，弹性的臂，在木片上，竹片上，布片上，浮在江上，然后再沉落到江底。哮喘的煤夫，吃鸦片的车手，在铁片上，钢片上，铅片上，合金的铁板上，纯精的铆钉里，驶出了港口。帝王的船在这里焚烧过。新形的钢铁又载满着奇异的商品走进，三国时代曾有多少人民的尸体漂浮在这里。十年之后，又有多少父亲，儿子，女儿，母亲，在水里被鲤鱼分食。火把在江岸上燃起时，大江也照过血红，霓红灯在扯起时，大江也照过血红。

大江的水珠像一斛纯熟的算盘，它成串的上下的拨转着，它记录了许多新的和旧的，褪了色和萎黄了的，流质的和软体的，胶着状态和带着现实感的。它记录了夏天的黑夜和春天的白昼，绿色的黄昏和敞亮的黎明，庄严的工作和怯懦者的懒惰，笑和泪，粗茁的欢喜和痉挛性的痛苦，殷红的希望和铅的灭亡，生和死。倜傥的清明和疲惫的混乱，腺形质的歇斯底理和白血球的健康，咳血的愤怒和唾弃的侮蔑，爱和憎，海风样呼求和血的控诉，罪与罚。流质的爱和固体的憎，沉挚的愚昧和发光的智慧，冰的洁白和鼬鼠的无耻，精神和肉体，大与小。诡辩的繁琐与数学的整体，齿轮的肯定和手背的否定，浮萍的分裂和细胞的统一……

这一切都每时每刻，受了江水的洗濯，益发崭新了。江水每个细泡翻腾上来，又破碎了。破碎之后，成为新的细泡再翻上来。江水是不动的，它非常静穆，大江是静的，但大江是动的。轮船也在动，兵舰也在动，水鸟在飞翔着，而大江在盘旋天上的钢铁的鹰翅之下，看来却像是一条死蛇——从高空向下看。

这里是原料的出口地，而且是商品的入口地。随着水流来的有珠江的龙眼，有金钱蜜橘，有良乡栗子，大冶铁，北京的胡琴，仿膳的茶食，海南的官燕，大理的石板面，通江银耳，义乌火腿，杭州的丝织，龙井的芽茶，黄冈的竹排，金沙江的纯金，蒙自的锡，自流井的盐，上流发下来的竹排，木排，都流散到大江的下游来，大江是南中国的动脉。

在夏天大江蒸热得像蒸笼，每个水珠都包含着金子似的热，坚实而且带着闪光，仿佛要粗心的燃起一只烟火来，大气就立刻会爆裂了。

空气是红色的，暗中都摩擦着火花。

江干的蒸气，使岸傍的细砂作成初熟的蒸粉，埋藏得久远的石灰质的蚌壳，都虀碎了，混合在砂土里面。雾将远山遮断，小的村落缩藏在云霭里，像从镜子里反映了天光，滚流从天边倒挂下来，再跌落在另外一个村子里。热在地面上铺好了很厚的绒毯，或者鹅毛似的舞动在空间，成了坛子肉一样的油腻和令人窒息，热是蒸腾的。狗尾草从捣砧的边沿上摇曳着，摔动着晶莹的水珠。但是狗尾草不一会儿，便被水珠儿烫得枯黄了。芦苇终年挂着白霉。而蓼花就不可忍耐的燃烧起来，沿着江边咆哮着殷红。大红绿色的醇厚的石油一样的流漾过去。

在冬天，大江也并不因为夏天的过度的热度而保留下温暖。江面上的寒气是渗心的冷，阴漉的风吹过来，湿气凝涩着，冷在人的骨髓里泛流。在高旷山原上来的人，都仿佛浸蚀在参和了销镪水的冰里一样。

大江毫无冻意，舟子还赤着脚在撑篙，拖车的马鼻孔喷出霜气来，缆绳缀满了珠珞的点子。

鹰在这个时候，踌躇在砂碛上，鹰在啁啾，找寻可以栖止的石块栖止了，把头颈缩在腔子里，寂寞的立着。像新拔的绿草，节骨抽离时，空气漾进去清新的鸣声，“九九九九”，七个鹰，六个鹰，鹰散落在圆卵的褪了色的老江底里，静静的栖着，白色的粪便涂抹在带着异教徒的荒凉味的石堆上。大江奔泻着流。

捣衣的声音跌落在水里面，打船的声音跌落在水里面，帆蓬从桅杆上扯起，江波在起落，露雾从江面凝结，火烧云因湖沼的气氲而煊赫了。

大江搅扰而喧腾，一股混浊的黄流，摇撼在碧清的海里。

这里要叙说铁岭的过去：

这时在北国的原野上也有江水流淌着，那是黑刁刁的墨色，云也是黑的，树色也是黑的，而江面终年浮载着石板的冰块。

在这个悲哀荒凉的尖硬的风物里，陶冶出来的生灵，也是生着棱角的。

在关东的原野上，春风冷风飚过去之后，瘟疫起来了。蚂蚁在土壤里钻出，蚊虻飞鸣，野马这时在枯草上打滚。长尾巴连儿拖着花俏的尾巴在大地上飞，空气干燥而渥郁，山野空洞而带些回响……

这时，荒凉的村子，鼓声响了。

巫女的红裙，一片火烧云似的翻花，纹路在抖动着。金钱像绞蛇，每个是九条，每条分成九个流苏往下流，红云里破碎的点凝着金点和金缕的丝绦。

巫女疲倦了，便舞得更起劲，想用肢体的坚持的摆动，把倦慵赶跑，金色的，红色的，焦黑的，一片凝炼的，火烧云的裙袂，转得滴溜溜兜的圆。

巫女家，把苦黄的脸仰着，脑后水滑滑的漾尾儿头，在脖颈上擦着有几分毛毛烘。巫女还是舞着，两耳唇的琥珀环，火爆爆的幌，带着闪光带着邪迷。巫女头上梳着吊马坠，没有盘定十三太保的半道梁的金簪子，只插了一梗五凤朝阳的银耳挖子。巫女舞动着，还轻悄悄的笑，巫女车轮裙兜满了风，在眼前转过来，转过去，像一只逗人的风筝，在半天云里打转，迎着春风冶笑。……病人躺在床上，眼巴巴的看着她，不肯放松每个细微的小节。

巫女唧唧嘈嘈的唱了。

“手托花鼓站堂坡，托鼓临鞭点神佛。”

她手中的铛子鼓，便扯出异教徒的挥动。

“铿！聚嚓亢嚓铿……铛铛！”

先是一串铜钱打着铜钱，沙沙的发出一阵子响，接着又是鼓鞭打在鼓皮上。

然后她回身站定，把神鞭托在右手里，曼声的唱着。

“问起家来家也有，爹娘也不是无名少姓的人，莲花山上莲花洞，墙头跑马，我是胡金龙，胡家仙姑我为尊，我是仙家第一人……。”

胡金龙在关东的原野上，是一条龙的红仙家。她捉的弟子很多，所以到处都传播着她的名字，她这大仙最难请，而且是最恶刁，但是法术也是最灵验的，所以也是人家更愿意请的。

捉九姑娘作弟子是三个春天以前的事，那时九姑娘还没有嫁给张豆腐房，先是仙姑下来，家人都不信，就是九姑娘害了女儿痨，坐在房里想心事，弄出了魔道。街上的闲人都还咧豁着嘴唇嘻嘻哈哈的说：

“没有黄花女便出马的，她还没被人当马骑过。”

九姑娘的母亲便到处烧香许愿，觉得自己的脸上失去了光彩。

可是九姑娘后来闹得更凶虐了。亲戚朋友都说要是做母亲的想固住女儿的性命，只有许她出马。

母亲说：“不是我自家骨肉自家疼，我没有护短了谁的，我的孩子不会这样作贱的。”

可是商量了老亲少故的，也有人说：“要是真的仙家附了身，也没有黄花女儿就出马的，好说不好听。”

母亲心里转腾着急，想不出来好主意。

老年人又呥呥喳喳的讲，说是仙家爱洁，附了姑娘身子也是有的。趁着人的气血虚，吹灭了头上三尺火，入了窍，也是星星月令赶的，“要是等到神来了，找个小伙子，脱了裤子，给她乱出溜一炮，没有不吓跑的。”

母亲唾了那些人一脸，骂他们没有一个是懂人事的，回到家里闷闷的思索。

由于再没有更好的办法，到后来母亲就找了年青力壮的张豆腐房来实行了一下，是在她女儿下来神的时光。

秘密举行了的。可是九姑娘的仙家还是没有离身，所以后来就只好公开嫁了他。

如今丈夫开豆腐房，九姑娘跳大神，小日子进项不算大，可是村西头也算得腾腾赫赫的了，村上年青人开玩笑，都说他娶来了狐仙在家里。

九姑娘正式攀杆子（跳大神）才一年，人样儿长得又标致，病又治得好。所以大家都说她的那铺子神，里里外外一水儿清，真算是干净利落。所以都给她起个绰号叫“花大神”。可是每次治病，没有一个不是治好了的，所以当地人都对她保留着一种内心的尊敬。

……………………

仙姑现在舞得更凶狂了，桌上两条红烛烧起半寸长火苗，照上她细致的脸和苗条的腰。病人在床上把眼睛睁得贪婪的野狂的发亮。

病人脸上发红，而且哮喘。

六姑姑总以为自己大儿子害虚痨，所以找花大神给来跳。说是肺属金，水生金。九姑娘是水命人。

六姑姑有两个儿子，大儿子叫成文，二儿子叫铁岭。大的躺在炕上，就要死了，二的在东山里挖棒棰，被浪人搜山时抢了，转回家来，正赶上给大哥跳神。一把火从他头顶上直烧到脚底，所以他纳头便困倒在东屋炕梢头上。大哥因为身子骨膀虚，力气薄，不能供养六姑姑，所以六姑姑还和一个糟老头子打伙，生活在一起。给大哥治病的钱，还都是六姑姑梳头匣子里的体己钱。

铁岭愤恨的在炕上躺着，并不参加这个巫祝的仪式。火烙的思想，在他头顶烫滚。家人这样乌七八糟的鬼混，都使他澈底的感觉到自己放弃了林野生活的失算。他终于为了求生的打击而不能坚持那慓悍的野性，回转家门来。他以为家是温暖的，“妈妈”，“哥哥”这些个称呼，都是好听的，而且会给他树木，山谷，风雪，所不能给予他的一切。在风霜里他漂泊了二十多年了，挣扎的无助的求生，说是把他锻炼得坚强，到不如说是把他变得更软弱了。他常常存留着对于山林以外的幻想，而且对着所谓家这种东西存留着一种梦幻的渴慕，想回家里，即便是破家也是好的，所以他便回家来了。

家是更大的憎恨和仇恨的痈瘤，这是无可回护的，这是他这几天的坚信。随伴外面的鼓声，他起伏着自己的思路。他计划着出亡了，他刚刚回到家里来，只不过才三天工夫。

外边的鼓声更凶狂了，直接像一条惯于戏弄人的五彩的旋风在他头顶上扭扯。

村中人完全抹煞这个固执的新客的反对，他们来看热闹的人特别多。黑压压的挤了一屋子，而且院子里也都是人。

村里人都是喜欢看九姑娘跳大神的，他们觉得到成天到晚让那伶俐的缥致的妙人儿来跳舞，也不是使人完全讨厌的事。

小孩子们在饭碗里胡乱的吞食了一些东西之后，便匆遽的跑到六姑姑家里来等候着，等候着九姑娘跳舞。

二大神是从花脸窝棚专人邀请来的李香头。也是远近驰名的，有她来帮衬，九姑娘的舞艺就更好看了。

这两个仙家第一流的忠仆，是针尖对着麦芒。说话是一口楂拉音，对答得又贴切又流利，村上远近人家大小孩子都爱听，到这里来看跳神好像看一出大戏一样。

在荒芜辽廓的农村里，地方性的宗教，是有着极浓厚的游戏性和蛊惑性的。这种魅惑跌落在他们精神的压抑的角落里和肉体的拘谨的官能上，使他们得到了某种错综的满足，而病患的痼疾，也常常挨摸了这种变态的神秘的潜意识的官能的解放，接引了新的泉源，而好转起来。

开初，大神并不很迅速的使老仙家降坛，她很矜持。因为据说这位仙家的架子相当大呢。

九姑娘扎好了绣花五色裙，摆好了架式。头顶上令人欲吐的煮红的猪肝色的红球，在颤颤巍巍的跌动着。嘴唇上一杆乌木烟杆，发狂的吸食，她跌落在一只杌凳上。

二大神左手拿着一只猪膀胱作的太平鼓，上边有个半月形的弓圈，击了三十几个大铜钱，在手中摇动起来，刷拉拉的响。她右手拿着一条小小的颤动的鞭，在歌唱的尾音里，向鼓边击打。

唱着一种邪魔的歌曲，声音在春天的大气里透出一种淫靡而悲惨的韵律：

“左手拿着文王鼓，右手拿着点神鞭，文王鼓串灵钱，打三打，点三点，惊动了胡黄的人马下高山……弟子我大喊一声听八百，小喊一声惊动胡黄二仙……主啊！未下山你就带着三宗宝啊！捆仙索，套仙绳，勒紧丝韁坐下玉龙……捆仙索，套仙绳，一齐都望弟子身上扔……双三扣，单三扣，那扣不紧用足蹬，头前来了头发迷，眼前来了眼发热，身上来了身发冷，身后来了身发汗呵！扫灭弟子头上三把火，借口传音治他的灾厄呀……”

仙家还是不下来，于是二大神又用一种更高的声音咀着：

“你札拉子道行小，法力薄，不能言讲，不能说，不会奉承不会调言扯巧舌……我的老仙家，体谅我拙嘴笨腮心地善良，体谅我侍候仙家有过功德呀！”

二大神把鼓和钱铿啦啦的引向大神的两耳边，然后在她身旁左右的跳起，再把鼓和钱引向她的耳边……作出一种引诱的调弄的姿态。

直到九姑娘突的打了一个冷战，看热闹的才哄叫了一声等出一些个儿喜信来了……接着九姑娘又打了一个冷战……

二大神不肯放松这个好机会——

“仙家下来第一遭，弟子荣耀顶上飘，房屋小，柱脚多，大神下来担待着，松木廊牙沉香木框，大神下来两边瞧。”

大神开口了，像要杀人似的跳着闹着。

“高粮地，开白花，影影绰绰来到了红罗！”

二大神完全跌落在欢喜和恐惧的两个翻转的漩涡里，他慌怵而且警戒，感到吃力而且笨拙。

“老仙家，不要慌，不要忙，稳稳当当坐在华堂，影壁墙上画天鹅，急手扎扎使不得，左膀起，右膀招，两脚一蹬站起来。老仙家——抬头看，用目观，眼前搭下卧铺坛，前走几步龙摆尾，后走几步虎登山，兜转旋风坐在宝坛。”

“我前照后照左右照……我照照谁家供主点起了香火。”

“高粮开花节节高，侍候仙家第一遭，仙家的规格摸不着。”

“海马，我的帮兵呵……下马的有规矩多，别的规格我全不说，拉拉气（即烧酒）三杯我得用着。”

于是，二大神孝敬的送上酒去。

“帮兵，我的恩德，我向着什么支角，什么阳科，什么人家户下铺的红罗，清清白白对我说。”

二大神在地上踩好了方向，然后兜回身，把手拱着。

“老仙家，乾方支角，坎地阳科，六姑姑户下铺红罗，天灾有，病业多，一不为君二不为臣，只为他儿子成文一个人。月儿弯，星儿斜，天灾病业找到了他，万般有，无奈何，请你的弟子来到了芳阁，你的弟子肉眼凡胎看不透，他这才捉鼓擂鞭来请神佛。老仙家，阴阳找哎，八卦尅，或者你土台山上来把脉摸，使他庄户人家赶走了灾厄，玉堂仙家四海把名播！”

“海马，我的帮兵，阴阳我也不找，八卦我也不用尅，土台山上我把脉来摸，常言说得好道的多，山前攀倒梧桐树，为的山后种下根萝哟！”

“老仙家，——静静，慢慢诊，三股大脉六股分，左手心肝右手脾肾，五脏六腑察个清格。俗语讲，古语多，左为血山右为血河，男子以气为主，女子以血为根河，三关找，六脉摸，呼吸长短你细细的去揣摩……”

忽的仙家变得凶虐了，鼓声也发出急变，大家屏息着来听。

大仙透着一种幽冥暗淡，怨尤而且伸诉的声音讲诉着一切。

“我也不用找哟，我也不用摩哟，你的病理我完全都明白……我的仙家呀，不曾记前仇呵，我也不记后恶呀……土台山上我把脉摸呀？……我要问问你，你为什么不敬仙家不敬我呀……那一天你在庙堂台前过呀，你呀，你这谤道妄为的小家伙，你不供我一杯清酒，两炷香火呀，倒也罢咧，他堂台之上，头也不磕一个呀，他扬言不睬，抹门过呀，你还向我堂台庙上洒了尿一泼呀，我仙家好洁原为体性……没见过，你庄农之辈，也敢不敬仙家不敬我呀，如今哇，你自己不积德，种下了病业呀，我跑马的仙家，可奈何哟……如今哇。你气血亏，哮喘多……三关我也不找，六脉我也不用摸呀，气血我也不用去调和呀，脏腑来讲噢肺部来说哟，……心肝两处种下灾祸哟……"

说到这里，大仙家把串铃裙嗦哩嗹啷的抖动起来，舞舞踏踏的跳起来了，看客的眼睛也都随着发亮……

"你不出三天，我保管你见阎罗呵……"

大仙亲口宣布了哥哥的死亡，这是一个青天的霹雳……

二大神作出心惊胆怕的样子，按从他们的规矩，把鼓鞭拼命，向鼓心打……这种打法表示他已陷入极度紧张了。观众头顶上也都津出了汗珠……

这还了得，按照从来的习惯，大仙从来不说这个绝情话的。六姑姑更加悲哀，觉得自己钱白花了，儿子的病还治不好。所以她点了一炷儿老线香：跪在神前，求神的饶恕……说他年纪青青不懂得忌讳，等他病好了一定到庙上去磕头的。"仙家饶了他这一着吧，不看僧面看佛面……"

二大神把鼓打得风火轮似的，看热闹的人眼睛都亮了。

二大神连忙哀求道：

“大仙家哟……我修行浅哟，道行薄噢，仙家千万不可这样说哟，常言道，人有旦夕祸福，船行有海上风波哟，他六姑姑家里本是庄稼汉哪……使苦打力的为的什么？今天不撞仙家钟哟，明天一定起灾罗哟，如今他心诚意诚千般愿哪……铺下香坛来敬仙娥哟……老仙家，有求必应的十方佛哟……他肉眼凡胎你怪他的什么哟……你偏方找哟，方脉的摸哟……杏林橘井调太和，使他早日起沉疴。从今他一信仙家法力大，二信仙家惹不得呀……”

“听我弟子把好话赔了九大车哟……”

大仙家才深深的打了一个唉声……“唉！”

于是又开腔回说：

“我仙家，绝不和凡人坚扎脖哟……能行风，我行风，能行雨，我行雨，我别的‘争张’都不说哟，我只把药方来调和呀，万般有，一般无哟……药数有，药数多哟……你请一位圣人门徒来记着。当归有，三钱多，当归三钱写明白，白术有，一钱多，茯苓二钱川芎二钱，茯苓远志二钱多哟……甘草一钱来调和，药方有，算开得，吃过两和再来说呀……”

二大神接过了药方唱着：

“药方有，算开得，多谢仙家，有恩德，不嫌这儿房屋小，柱脚多，挤挤擦擦说不得。

不嫌这儿茶味淡，酒味薄，我的老仙家，你此去一万八千里哟，上马规格还来说哟……”

“帮兵，我的恩德……你的劳苦的有，辛苦的多，你的辛苦我不说，帮兵，我的恩德呀……上马有，规格多呀……”

大神说出他要走的条件：

“上马有，规格多，高粱细酒，三杯我得用着。慢慢饮慢慢喝，冲坏了弟子肺腑了不得……”

这时，大家的眼光都集中在二大神的身上了，都希望他嘴里的花样说得再多些。

大神完全陷入疲倦和痛苦里，大神全身像抽羊痫疯似的痉挛着，腰也佝偻，头也垂了，在咳嗽着，大神要去了。

“帮兵——我的恩德，你的劳苦的有，辛苦的多，你的辛苦我不说，我抬起身来我带不去一两土哟，我奔到高山我坐下玉龙哟……”

二大神把鼓故意打出花，他的责任就要结束了，所以他更得应该给自己的名誉建立下更多的一分光荣。

“嚓——嚓——齐嚓吭嚓——吭！”“吭——齐嚓珂嚓，吭——”

好看热闹的姑娘，夸说：

“你看人家手起手落多利落，鼓鞭单打鼓四面，打得雨点鼓窗价响。”

李香头还有兴致回过头来向姑娘们吐舌头。

小孩子被他的鼓声催促从大人的胁下钻过来，小小的头疑惑的望着。

李二神眼里闪动着光芒，身上通体是汗，把铛子鼓击打得像一转磨，像一朵云，然后咳嗽了一下嗓子，高声的唱着：

“你要去，我不拦，我送仙家回高山，一送仙家千万里，二送老仙起云端，三送老仙入深山，到了深山进古洞，到了古洞练仙丹，早升格，到仙班，普渡万民快乐仙！”

“吭！齐嚓吭嚓，铿！”鼓点爆豆似的响。

忽然人群上面黑忽忽的向房门转过去……

铁岭凝静的从房屋里走出来了。他一步一步的沉实的走着，一直奔到香案前面。

大家都不知道他想做什么。但大家都分明看见了他在做什么了——他在打了那大神一个嘴巴。打得非常轻脆，大家都听得明白，打完了之后，他又退回身子，重新躺在炕上一句也不响了。

外面刚要开路的大神，闹得天翻地覆不肯走了，二大神应了三尺红布还不成，又应了三升小米幔香斗，也不成，又应了年年十月一（大神节日），送一只歪脖子小凤凰（鸡）。六姑姑连忙来磕头，又亲自宰了一只歪脖子小凤凰送到仙家面前，仙家还闹闹不休，说是非把成文的魂立时掬去，死了三天三夜再放回来不可。

看热闹的人都猜想铁岭这一不合人情的动作是什么意思，有的说，他是“谤道的”，从石头疙瘪里长大的人，什么都不信。有的说，“他是吃哥哥的醋，他熬不过九姑娘的娇娇娆娆的样儿，心急如火，所以才到他脸上抓一把儿的。”有的说，“那可不能够血口喷人，冤枉了那个直肠子直筒儿，他是巴望着请个地道郎中，给自家哥哥好好号号方脉，好好开个本草方儿。别这样花脸胡哨的搅不清，哥哥又不是弄了邪，他人儿生就地的口拙，心事说不出，你得等他气平了，火消了，他自个会成筐成笼往外倒的。”有的说，“他家也太不像样儿了，他看不过眼，哥哥活死人，妈妈又不清不楚的，找个老垫背的，白天黑夜一个炕上睡，算是怎样说，说给东邻，西邻都会脸红的。他长拖拖那大的个，又不聋，又不哑，又不傻，又不愣，抬头见低头见，自己有冤屈到向那个说。有钱不花明处，暗里烧香拜鬼，说不定还是作出幌子给他看来哪。他刚看见自己房檐头，还不到三天三宿，他心里一窄，就出手伤了人的。看他鼻梁儿端正，眼睛通亮的，也不是浊气迷心谤道的人。”

铁岭躺在炕上，一声也不响，他的眼火热，心房在跳着。仿佛后边有千军万马在追赶他，他必须得向前奔逃。虽然前面是否更加危险，或是前边到底是什么村名，这些他一些都不知道，他只有逃向前面去，面对着不可知道的命运走去。

炕本来是冰冷的，因为一冬都没有沾过火星儿，但是对于他还是热不可当，他浑身汗如雨下，他必须离开这里，到任便什么地方都好，只要不是这个家。这个可诅咒的家，这一窝鸟粪的巢儿，这里包含着生养他的母亲的家，这里有着他亲爱的——一直到现在还是拿着眷顾的美丽的眼睛望着他的哥哥的家。但这个家现在对他是一个笨重的生长在心灵上的脓疽的癣瘤了。他必须得摆脱了它，否则他连气儿都喘不出，他必须得离散这里任何什么东西。这些东西虽然在不久的过去曾在梦中向他显现过的，而且自己最精诚的系念也是投注在它们身上了的。它们是他梦想的最高境界，流浪的人，差不多一步想迈进家门。他一看见家乡的柳梢，他便感到人生的充实了，他觉得这柳梢的绿色，就是值得一个王国。但是他幻灭了。时间淹没了他最后一只花环，他回到家里才经过三次太阳的起落，他看穿了一切，而且，他想把这些全部都马上遗弃。家对于他简直是多余，就如对于一只飞着的鹰，是绝不可以把自家的窠巢来系绑在脚上是一样的。

他在东山里时，他在无边的日子里挖着棒棰，听凭寒暑自来自去。他采集鹿茸，听着棒棰鸟在他头顶上咕咕的飞鸣。他就要发财了，他的工作已经使他的财富增多，他足足可以向一个采捕家骄傲他“背挟子”里的世界。什么何首乌、虎背、鹿胎、马宝、老山参、鹿茸、蛇皮、熊胆……。这一切他都有，他是一个能干的猎手，而只要他把这些，变换了银钱，他就再不复是一个穷困的挖棒棰的了。

而当他追捕了最后的一只野鹿，割取了它的鹿茸回到窝棚来的时候，情形就完全变了。他受到的不复是同伴们的祝贺，或是对于价值的估计。他受到的是抢劫。

在第二天有一批日本人和朝鲜的浪人们来搜山了。

那天他们带来了大量的枪械和人马，突然的闯到棒棰窝棚里边来，声称搜索当义勇军的匪徒。

山里猎户们完全没有准备，留在窝棚里的早已措手不及，受了他们的拘捕，从深山里带了新货回来的，便一个一个的被他们把背挟子掏空了，禁闭起来。一年的在朔风里，松林里，在虎的奔驰下，在野猪的牙齿里，在长虫的盘曲里，用生命所换取的东西，转眼之间，就成为他们日夕所恨的仇人们的所有物了。有人遭受过仇人的抢劫吗？这是最大的耻辱。

以娴熟的射击和火候的老到，收割鹿茸的名家，常常骄傲鹿茸的数目最多的他，现在也以他感到最为空虚！因为他是一无所有了，他最后采获的鹿茸，血还没干，但也已经不是他的了。

意外的灾难，打破猎人的求生的寄托，他们只有散伙，有的拉出去了，有的到老山去了，铁岭则回了家。

当他吃了分别宴的时候。伙伴向他说：

“铁岭，拉在我们这帮来吧！”

“我回家了。”

“你家有媳妇。”

“有个老亲娘，还有一个哥哥。”

“凡是老娘亲，永远都是七十岁了，值不得想念！还是拉在我们这帮吧！我有旧道，不必新踩，路是熟习的，人也是原把子人，有你，有铁鹰子，大斧子……”

铁岭感到侮辱似的，向半空开了一枪，便回家了。

他决定回到生长的窝巢来。

第二章

这里仍然要叙述铁岭的过去：

夜里他从新重复着他小时候所听一切的迢滞的邈远的带着乡土的醇味的传说。

那时他还是个牛背上的野孩子，那些故事到处充塞着，在祖母的棉花子油的灯碗里，在爷爷的烟袋锅里，或者在荒野的小庙的香台上。

狼的，虎的，座山雕的，豆刍子，黄皮子，尖嘴狐，狍子，山狸子。每样动物都有一种与它身份相衬的传说。

这些古里古怪的东西们，便是他的从小的教师，他便是跟从他们学习的，而且从他们里面长大的。他躺在炕上昏睡着，仿佛又回到儿时一样。铁岭在深沉的回想。

他从刚刚解事的时候，他就知道虎的啸声和狼的啸声是一样的，但是虎可以使屋瓦为之震动，但狼不能，天太冷时，虎饿得也下来寻食，但有时并不残害什么就走了。而且说是村西头的小三子小时候，家人把他放在家里，把门顶上打柴去了。那时他才三岁，有一只虎从破墙角把头伸进来，但身子进不来，小三子看了好玩，便在虎头顶下放个枕头，使它头缩不回去，然后在火盆里燃着了香火，来烧它的发绿的眼睛。他们对待虎是这样的。

豆刍子是一种奇特的畜生，喜欢把路傍的牛粪顶在自家的头顶上，然后向太阳来拜，据说拜到一千天，没有被人看见，使可成仙了。而且还会学人语，问过路的人：“你看我像人不像人？”它在讨封诰。若是有人说，像人。它就成仙了。若是向它说了脏话或是丑恶的话，它就仍得从头来修炼。

狍子是傻蛋，在大雪天，下来等在山下人家的门口，来讨饭吃。在它吃饭的时节，山里人并不捉它。通常都是由老太太给它一些剩粥，让它呆头呆脑的走去。倘是有贪婪的家伙，在讨饭的时候杀死了它，大家都必定指点着说他是一个损阴丧德的人。

山猫子是和板凳狗一样的大猫，没有多大本领，但偷食人家的东西，都是非常拿手的。它常光顾住家的空屋里，储藏室里，厨房里，来猎取它所需要的东西。在要遭遇人们的攻击时，它常在猝不及防时给人以一种暗袭。

铁岭小时候觉察出空屋子里有山猫子在捣鬼，他蹑手蹑脚打开门闩去捉它。因为他刚从光亮里走到黑暗里来，不能马上看见东西，所以狡猾的山猫子利用这个机会突然向他脸上猛扑，使他手中武器没有得到发挥的机会。它便逃跑了。铁岭从那儿吃了个大亏，现在左眼角上还有一个抹不去的红痕。

熊瞎子要跟踪着人的背后的时候，聪明的人便顺着风向跑，熊的长毛掩蔽了它的双眼，便看不见它所要获得的对象了。熊是愚蠢的，它的顶有名的故事，是到菜园里劈取包米的时候，劈一穗，便放在胁下挟着，胳臂一张，先前挟的那一个掉下去了。这样一替一换，最终被它挟住的还是一穗。而熊的颌下有一点白，只有这里可以打得进枪子，所以猎人都拼命的攻击它的颌下。

野猪是有计算的，把松柏油涂抹在棕黑色的身躯上，滚上砂石，再在强烈的太阳光里晒。野猪的针状的毛，象征了它的战斗性，它全身像个大梭镖似的，到处逡巡着。猎人最怕它，对于它的绝无后退的战略，虽然觉得不大合，但是对付起来却是毫无办法。他们称呼这种战斗，叫“Maitai”。就是肮脏而且不懂道理的意思。他们是能够不理它便不去理它的。

但是若碰到野猪群来攻击时，他们便用扫帚钉枪，在它张口的时候来射它的喉咙，他们只有这一条非常窄狭的生路。

狼喜欢吃小猪羔肉，而且怕火。所以行路的人，夜间遇见狼，都得打火石，点火绒，才能把狼赶走。狼也怕响器。这些他都相信，因为有一次他赶了野台子戏，夜里遢返回家，把噹锣子放在自己的怀里，用着棒子打着锣走，他顶怕的是碰见蛇。可是蛇是没有碰见的，但狼却有一只跟踪着他。

他觉得一只狼也兴不了什么大祸，吓跑既然不能，索兴就让它追踪着好了。还省得一个人寂寞。

但是那条狼，追跟了两里多路，发觉出这个胆大的家伙不是它一个可以弄倒之后，便按照狼群的法律把嘴巴柱在地上，嗥鸣起来。

从黑暗的周遭，狼的阴影密集了。贪婪的眼睛绕着他射出光来。

他必须开始奔逃。终于带着差一点丢在后面的生命，他逃到一座秫杆堆上。

秫杆是光滑的，但是畜生们也不是可以爬上去的，虽然它们屡次爬了上去，又滑溜下来。

铁岭大声的呼喊，一而希望把声音传到远方，得到拯救；一面想把这些畜生吓退，但是他没有能做到。鬼祟的黑影，都奋勇的向上蹦跳，他的喊声完全变成歇斯底里的了。

而且这个时候，它们抬了一只白色的狼来，据当地的传说，每一个狼群都有一个智慧的狼，名叫做豺。这一群狼凡是遇着困难的时候，都来请教它。狼群们经过这个白色的怂恿，它们用口把秫杆一杆一杆的抽掉，这样几十只狼子，每个衔跑一杆，再回来衔第二杆。不久之后，秫杆垛就渐渐的变矮了，狼就可以上来了。但狼仿佛成心想戏弄他，不马上跃上还在抽，他就要从高处沦到平地了。狼在咆哮的扑上来，最大的恐怖笼罩了他。忽然他的手不经意的一触，他碰到了怀里的小铜锣上了。铜锣响了。狼最怕响器，他得救了。他相信这些。

这些东西教育了他，他的最可亲的褓姆，就是洪荒和野蛮。

人家传说过他曾一口气追杀过十条母鹿，因为鹿的动作是最敏捷的。但是自以为最可夸耀的还是他活剥过一只狼皮。因为他相信活狼的皮做成褥子，当着夜里若有贼人走拢的时候，它会毛针直竖起来，刺醒熟睡着的主人。

一只活狼的皮可以卖到很多的钱。所以他终于把一只活狼俘虏了，而且活活的剥了它的皮。

继承了与这并不完全两样的生活，他的胳臂在朔风里生长得小树一样，举起斧头就和耍弄枪秫似的。工作对于他完全是游戏。他两耳听着松涛，感觉到自己生活力充塞在每个山谷的回响里。他必须在这里呼喊奔驰，他觉得松子是比一切高粮，大米都更适合着他的胃口，所以他常常对人家说他是吃着神仙子儿长大的。

在可以拿动枪的时候，他便开始打猎了，而且他在长足了二十岁之后，他便完全生活在东山里了。

还记得在他回家的前夜，在茂密的森林里，他赶着一条野鹿。

那时他正在看着山啸。

他一个人在山里走着，忽然听见前边轰隆隆的一阵响，接着就是一群鸟雀惊措的飞鸣，到处的唧唧喳喳，还有野兽成群的啾啾的号声。他知道山要啸了，所以连忙往安全地方跑，在辨别出那儿绝不会山崩的石檐下，他立住了。

前边的悬崖上，立刻耸起一阵烟尘，滚隆隆的石块飞腾了，冰块和水流一齐滚泻下来。砂，土，石片，大的青圆石，车轮似的向下飞滚。尘土，树枝，红土子，细砂一齐都降落下来。石块停止在山半腰，休息一会儿，又向下滚落下去。跌在空虚的悬谷里，透出倥偬的巨响，巨响在回漾着，好像发生在古潭里。

山石还在飞滚，细石向四外飞迸，像潮水打在礁岩上迸溅的飞点。大的青石在刚滚落时还是伸张出许多不必要的棱角，在飞动的过程中，便削就了圆形，细砂腾起了烟尘，矿质的瀑布，和一个淤泥的河底一样，向下凶狂的滚流，呼喊着发着大响。

老树的根株，完全显露出，粗大柔软的伸展开，成为几只硕大无朋的丑怪的章鱼。矿石都离弃了它，它每个触手，只能握住很少的一些土壤，因为它的须根还能沾附着些许湿润的泥质的缘故。百年的奥秘翻扯出来了。树的处女的永远不给别人看的部分，袒露在岩崖上。

土层里的水泉一道松疏的夹缝当中，本来的从沙里沉向地层里澄清的水滴，现在都毫无凭依的流泻在空气里。

野兽精心挖造的洞穴，降落到空谷里，都没了。他们凭着敏锐的感觉，预先逃跑，现在尖刺着鼻子，在互相偎依着，奔跳嗥鸣。它们经冬积存的山果，榛子，松子，都压覆在土质里，还原成为单纯的物质，僵硬了。

地心的冰块也跌落出来，而且马上化作小块，溶解在别的泥松里。山啸的最大的动力，就是它。在严寒地带，矿质改变，都是由于风和雪面发生的。因为它们把不同的澎涨奇数同时澎涨的结果，土形就分裂了。

铁岭正在鉴赏这常常显现的奇观，忽然松木里冲出一条麋鹿来。凭着他的经验，他就断定那是一只带着鹿茸的黄色的鹿。于是他抛下了山啸，他便投到乱石里，追赶下去。

鹿原来是为了石崩地裂的啸声所惊吓，所以便奔逃出来了。现在它跑，正沿着山涧脚跟的流水沟，它顺着水源跑。当然找不着森林，因为越跑路越低了，两边又都是高山挡着。它想打转头，可是追的人正是从这个方向来，没有机会是可使它偷过的。

尖峭的乱石耸起来，像鳞甲似的，白茫茫一片，黄色的小鹿在上奔驰着。

铁岭本来足足可以一枪结果了它，但收割鹿茸的人都希望割到活血的，因此就不能把这只鹿鲁莽的打死。而且假如他只打折它一只后腿，当然他可以得到它。但那不成，因为路上都是石片，鹿是聪明的，它知道追赶在后面的人要获得的是它头上的那只含血的包——那鲜嫩的初生的茸，就如象知道人们害它，是因为它有象牙一样，鹿知道它头顶上是贵重的。当它受了伤的时候，它一定会把头跌抵在石麟上，将它破坏，使追到它的人，毫无所获。所以铁岭绝不会使这等蠢事发生。他还在追着。他想追到土地上时，再来解决它。

鹿跑过一道山水忽然不见了。

铁岭知道它的诡诈，毫不疑惑的瞄着它的路线放了一枪。

鹿心虚了，以为一定是人们发现了它的所在。发现了所以猎人才发枪的。它觉察到隐蔽的不好，所以又开始逃。其实猎人并未发现，不过故意做出样儿就是。

其实这是追随者的诈术，追赶的人实在是没有能发现它隐藏到那里的，所以才开枪。

鹿中了他的狡计，施展它唯一躲避迫害的方法——神经质的捽开弱嫩的麻秆样的细腿飞也似的奔逃。

看看要到一块草坪了。

镗的一枪。

铁岭射中了它的后腿。

这精细而勇敢的猎人，不等鹿的头可以接触地面，便敏捷的急袭它的身畔，将它的头牢牢的抱住，鹿来不及破坏它头顶上的鹿茸了。铁岭取出竹刀来，那初生的鹿角的幼芽，一包润红的血泡，割取下来，放在竹筒里，捆在背挟子里，又得开始奔逃。

因为按照猎人的法律。凡是在山里，不管是谁抢劫了谁的鹿茸，都是不为罪的。因为他们觉得这个是没有见证的，猴子和山鸟都是不能证明这个的。所以某个猎人被另外的猎人抢去了鹿茸，他不但不应生气，在作庆功宴时，他还得照样喝酒，为对方道贺，不能小气。

直到这猎获者在奔逃的途程之间没有遭受到意外，到达棒棰窝棚了，这实物才算成为他的了，他才有法律上的承认。大家给他喝酒。

依从了这荒野的定律，铁岭在择取了从来没有人经过的地方，向外奔逃。在山中，没有开辟的小径，只有他们知道。而也只有他们可以走过，因为一切荒蔓野草和荆棘，太阻挡了这笨拙的两腿。而每个猎人都有自己秘密的途径。

苌子挂了他一身，会飞的草子落在他的身上，趟士马（一种皮靴的名字）的绕子上，也挂上了蒺藜，他跑出山来，他想伙伴们一定会用热烈的言词欢迎了他，知道他又发了财。

他们互相把货色拿出来看，大家彼此的评定价钱。而且王老头一定还要回溯着当年他挖了一个八两重的老须参，星夜往奉天去给大元帅进供，结果半路里让黑龙江吴督军给截住了，只赏了二十两白银，折去了他的彩头。要不然，他这辈的指望算有靠头了，何必还拖着枪杆在这荒山里出入。

“那些不用提了，喝酒喝酒。”

“今天是铁岭哥的财喜，大家都拿吉利的话来说。”

所以铁岭一跑出来时，就变得缓吞吞的了，而人们和他打招呼，他也爱理不理，所以别人都知道他又得到了好东西了。

到晚来，大家都按照规矩看清王猎户，李猎户，张背挟子，伍炮，刘一冒烟，白三只腿……看看各猎户都安全回来，便在山顶的草坪上，燃起了篝火，有的叙述今天他的枪怎样灵活，指那儿，打那儿。有的夸耀自己的货色，质地第一等的好。

铁岭把嘴也张了大口，很命的喝酒。

柴火辉煌煌的着起来，松烟发着浓烈的松香，火星向四外炽腾，大块的在空中爆裂一下，又化作许多小的火星，爆裂时发出拍拍的脆响，四边熇镕了的嫩草都蒸炙得暖暖馥馥的。

张一冒烟举起酒碗来。

“哎，这个兵荒马乱的年头，我们能够过这样的日子，也算不错了。来，请大家干这一杯。”然后翻过碗底来向着大家打照杯。

“恭喜铁岭哥发财。”

“大家发财！”

于是站着坐着的，都说：“大家发财。”

伍炮因为也采得了鹿茸，并且还牵来了一只熊瞎子，将来可卖给跑马戏的。所以他特别高兴，他说一定要跳个熊舞，于是他就跳起大秧歌。

他左手拿着一个扫帚头，右手拿着一个赶面杖，把两只贼红贼红的大柿子椒，挂在两耳上，他乱蹦乱跳。

张猎户用棍儿在打着鼓，这鼓他们都有，是为了彼此通信用的，集合时，或山神的节日，他们都敲这鼓。鼓声的震动使空气不安了，野兽跑得远了，飞鸟不落在跟前，他们把野雉包上了黄土，把札枪头上挑了鹿脯，他们尽情欢乐。山神给他们很多，所以在他们饮酒之前，都先泼一杯在地上，算是先君后臣，表明他们并没有忘记对于赐予者应有的尊敬，他们在讨山神的喜悦。

铁岭喝得醉薰薰的也起来跳，他把皮袄反穿起来，装着此地民间的丑角，傻住子，手里拿着一个动物的大腿骨——他们叫哈摆车，上边串了铜钱，打起花棱棱的响。

他唱着：

“我反穿皮袄毛朝外呀，我一走一忽颤哟……”

伍炮装的是老麦婆子，所以他接下唱：“你缺德带冒烟哟！”

他唱着：

“老麦婆子难哎，老麦婆子难，摊着个当家的好要钱，簪花首饰输个净呀，带两个辣椒来过新年噢——”鼓声打出花点：七八棱登锉，……七八棱登锉，七八棱登锉，七八棱登锉……。

对方：“老麦婆子北哟，老麦婆子北，打鸡喂狗都是我的，一年到头作奴搭辈哟。贪个丈夫是个三豁牙子两豁嘴呀！”

“老麦婆子东呀，老麦婆子东呀，嫁个女婿胡弄东呵！银钱输了无其数，一光二净他还把我扔呀！”

“老麦婆子西呀，老麦婆子西呀，贪个丈夫好体己呀，担柴淘米都是我的呀，只有他两眼巴巴坐着吃呀，谁说我丈夫是个好东西呀!”

“那比得东村的傻住子呀!”铁岭笑嘻嘻的接着唱。

“老麦婆子瞟呀,瞟了一个瞟,两耳之上带了两个红辣椒呀……”伍炮又接着唱。

他们唱着,耍着,闹着,笑着,彼此打着,他们老年人和青年人都没有分别,都是一颗快乐的心。

老年人也可以开着青年人的玩笑。他们创造的丑角,在痛苦的焦切的述说他们自己的可笑的命运,他们都是强悍者,觉得这些畸零的人,是命运的玩弄者,他们的生存是多余的,他们的可笑性就在这多余的述说里。他们心灵上的丑角就是这些,他们看了都笑出眼泪,而别人是不懂的。

红爆的火舌在人们的面前向天空吸舐着。松烟在空间凝结,合成丝络,又跌落下来,再被火焰吹开。他们还燃起了火把,插在四周。每当他们玩笑时,他们都拼命的用火,因为火光可以把意外的妨害吓退,凡是野兽都是怕火的,狮子也不能例外,而且在这煊燠的气氛里,热闹的成分就特别加多,几十个人,就像千百个人似的,人影杂着火光,顿时就感到热闹起来。通明的树叶,也使人感到欢喜,虽然在暗暗的林子里,还包涵着另外一个荒蛮的世界。但是火光所到的地方,却都属于他们了。他们的眼睛只落在当前的丑角身上,并不向远方去看,他们的嬉笑他们的快乐都在这里。

他们尽情的玩着，直到火光落了，他们才想起了睡觉。直到人声息了，刚才被惊恐了的山老呱才敢走近拢来，落在火堆畔的树梢上，大惊小怪的咖咖的乱叫着，一两只夜猫子伴着他们也磔磔的飞鸣……

在欢笑和舒畅的疲倦里他们睡着了。第二天侵晨，他们又仿佛枝头的鸟儿似的出去猎取他们的食粮去了，他们走到山尖水角去找飞禽野兽。

他们回来了，他们碰到了伪兵声称搜山，他们辛苦的成绩，受到了搜山者的凶狂的抢劫。他们必须承认这个掠夺，否则他们就要被诬为匪徒，将要受到伪满的法律的惩治的。

他们有枪，而且他们都有虎子的胆，豹子的性格，都是顶着水游的鱼，但是因为他们不是一个时候回来的，有的是在路上被搜去……

等他们聚集起来，追下搜山的，想来结果他们时，已经来不及了。那样，铁岭还追下去整整十里路，不见踪影，才气愤回来。

这突然的事变，毁坏了他们一切的财产和希望……

大家都感到没有出路，他们毫无保障，依然可以受到第二次的抢劫，所以都灰了心。原始人的喜怒是分明的，他们灰心就是灰心。

青年人想起了，人间三百六十行，不要干这一行了，枉受这份子闲气，活着白白给人家拉磨。老年人更悲观，晚景的荒漠摆在他们面前，他们将要在老病之外又多一个穷困的拐杖了。

伍炮要拉出当土匪去，铁岭损失得更惨，他一无所有了。别的猎户房檐头，炕沿底下。都远藏着一些体己，只有他平日里粗心大意的什么都放在背挟子里，这一次就都给搜山的搜去了。

伍炮把腰别子往腰里一撇。

“要拉帮的跟我走!”

十八岁的斧斤跳在他爷爷的怀里哭起来了。他平日帮着爷爷打来的参茸也都给抢去了。

“这年头好人作不得，他妈的我们安分守已的打得的野食，他们也看得眼红了。这算是死路绝方，没法过了。跟我来，要什么有什么，吃鸡吃大腿，吃肉吃肘花，吃尽穿绝，黄的是金子，白的是银子，骑的是马，坐的是车，你们何必撒在这里受这瘪犊子气。挨他们的窝心脚也只能挨一次，不能拿它当饭吃，谁他妈的还有这个瘾吗，他妈的截长补短也得活变活变。我当初都是抢人家的来，没有过这回轮到我头顶上来。好小子，杂种，打破沙锅漏到底，人倒头还得指个冥路，没有攀着树梢打摘落的。我们只有一条路了，当然多少英雄好汉，还不都是逼上梁山，但愿有好日子，没有哥们不愿过的。×他妈，逼得人眼红了，我造反西祁，我们火烧绵山，死活一条心。山里有熟道，手眼也齐全，有尿的，跟我来，咱们拉出去！”

伍炮尤其喜欢铁岭入伙，让他当二当家的，串通了好久。铁岭只是低头不语，后来劝得不耐烦了，铁岭才说：“我回家！”

伍炮恼了，大声骂他，“没有出息的东西！”

要是平日，这一句话，就足够使两个开了枪的了。但是铁岭，没有动气，只有两眼滞滞的发呆，拿着草棍用手在地上乱画。

有的同意和伍炮拉出去了，有的改行当炮手去了。

有的还说：

“他妈的，听说到关里……”

伍炮脖子青筋都红了，还在喊：

“是他爹揍的，跟我来，英雄要骑走快马，不能窝窝屈屈一辈子，他妈我们，我们横吞不进这口冷气去，踏遍江山，交四海，不能喝一肚子乌突水，有本事的，跟我踩踩路子去！”

斧斤两眼红红的看伍炮疯子似的喊，两眼凄迷的，在凝注的沉思。

张一冒烟，很平静的，脸上挂着一脉讥讽的笑容。

“伍炮，我知道你是好现的，趁着这个兵荒马乱的年头，上不能对得起天，下不能对得起地，你落草为寇，算的什么志气，好希罕，亏你还吹得儿鸣的山响！”

“你是爹揍的，你跟我来，上马金，下马银，大秤分银两，没亲没后，兄弟平等！”

张一冒烟不屑的呸了他一口：

“伍炮不得装疯卖傻，人家都是打倒土匪，你小子还拉出搅扰平民，你也不想一想，你平日杀牲害民，现在又想拦路求财，你应该三思后想，兄弟们一块虎口里滚出来的，不爱你血性刚强，还爱这样骨膀，这样的脊梁……”

“张大哥，不要错看了人，我挂了反旗，唱的也是一本忠义传，损阴丧德，我也手软，不必说甜嫌淡，兄弟们脾气秉性，谁也瞒不了谁，我也要替老百姓打不平……”

“说到这里，你是好现的，可是当哥哥的，口快心直，心里耽不住话，我看不出，又要养汉，又要好看，我看不出，多少英雄豪杰，都投奔了义勇军，你为什么还非拉出去不可？”

“那种慢吞慢咽，我干不来，斤斤拉拉的，心难受，我干事，四大扇，开门见山，我是火上房的脾气，把式场，那种文明土匪，我来不惯……”

“好小子，你去你的，我们分道扬镳，你去你的，要干义勇军的跟我来？”

斧斤立刻擦干了眼睛，站起来说：

“张大叔，带我去。”

爷爷望着他，一句话不说。

张一冒烟说：

“我也没有啄木鹳子嘴，我也不会打莲花落给你们听。反正弟兄们都知道我——我要有过隐心昧己，我就随着太阳落，若不然弟兄们拿枪把我‘盘’了，我死无怨言。我当然也是一名庄稼汉，小时候，使枪弄棍，弄得手痒，庄稼日子没法过了，我才星星跟着月亮走，到山里来，打点皮草，药材，兄弟们，不是我自己夸口，大家有目共睹，兄弟们混得混和，于今山里的缘分完了，我们哥们还散不得，我们投义勇军去……”

有许多人都愉快的响应了他。

但是铁岭还是要回家。

也没收理什么，也没携带什么，他空虚的，迷惘的，带着几分羞愧的，想了一阵子决定回家去。

“兄弟们大家捧柴火烟高，从今我们要粗粉细粉漏雨水，我们南山打过白狼，那回在珍珠林，野猪群我们也打退了它，而且发了大财，日本鬼子，再凶也凶不过他们吧，它把我们困在树梢困了一天宿，我们年富力强，在山里也跑野了，枪杆拿惯，扶不住犁仗，兄弟们，你们想想你们那个家，那还有啥奔头，还不在我心里吗？铁岭一定要回家，还血奔心似的……哎……弟兄们，当义勇军去跟我来！”

但是铁岭终于回家了。

羞愧，悲哀，失望，幻灭，恼恨，愤怒，都接待了他，使他悬了空。他就如跌在悬谷里的人，手里握住一枝藤萝，向上呼喊，也没有回答。向下沉落，就只有灭亡，而且也保不住什么时候藤萝会断落。最蚀镕了他的是澈骨的孤单，他一人逃到另一个部落里一样，人们看他觉得奇怪，他看别人也奇怪。这可怕的陌生的冷落，紧迫了他，使他心地压缩到无边的狭隘，使他痛苦而唤起一种盲目的报复的心理，而且恐惧，仿佛每天吃饭的饭粒里都安排了不可排遣的迫害。他变得懦怯了，胆小像一条老鼠，他只有朦胧的睡在炕上，而且担心的警戒。

所以茫然的打了大神之后，更感到羞辱，而且作坏了事，所以他又决定逃跑。家和枷一样，他必得跳出去不可，无论那儿都可以，但不是家里。

哥哥在临死之前，叫他过来，到跟前，对他说：

“弟弟呀！我也活不久了，我夜里‘观景’，我都看见了一个大庙，写着我的名字……我也知道，大神没有用，妈非跳不可，我连爬都爬不起来，我能阻挡吗？让她了了心愿，我死之后，妈也安心。你也不必一定逼紧她，妈也是不得已，我是病病殃殃的，一年没好时候，我是愧对了她，没有尽人子之分，我来世再报答吧。我不怨她……你不知道，我也怪不了你，你是我的弟弟，别说你还对，你不对也是对的，你怨母亲也就罢了。不过不要逼她，她是刚强的，好颜面有什么法子呢！我死后，你草草收拾收拾就完了，使我身子沾不上土就行了，哥哥不会怨你，听说关里日子好过得很，听哥哥一句话，哥哥是要死的人了，活着没对你有过好处，你要能到关里去……反正你孤身一人，到哪去，还不是一样呢！吃力气过活吧，到关里能替国家出力，就对国家出力呀！妈，你们娘俩也合不来，你走她还省心……要不然，还有几分讨愧，你要到南方，哥哥要有灵，哥哥到那儿都保佑你……”哥哥说到这里，就哭了，但是因为眼腺早就烧干了，所以眼直直的哭不出泪来，他还死盯盯的望着他，等他回答。

铁岭摇头。(他并不知道这个对不对)。

哥哥接着说：“此地没好人哪，我们人孤势孤，没办法，又无三亲六故，你是冒失鬼，说不定走头无路，一定要造反的，哥哥看过多少，都没得到好结果，听哥哥话，逃到关里去，哥哥死了，哥哥一定暗中保佑你，你听哥哥最后一句话吧，再想听就听不见了……”

听到这里，铁岭就号淘大哭起来，等他拭干了眼泪，再来和哥哥谈话时，哥哥的身体已经凉了好半天了。这他才重新记忆起哥哥嘱咐他的话来，又大哭起来。

第三章

这里也是叙述铁岭的过去：

茸茸的星星草，开落着黄色的小花，对于这沉寂的野甸子，已经是好久以前的事了，那已是属于遥远的东风的事，而现在是西风在飑着了。西风吹冷了原野，古老的桑乾河，从那透明的冰冻里由北向南穆穆的流着。在河北全省的水道上，这儿是一个叛逆的流法。

河畔上宛平县城，在灰尘里昏睡，像一个冬眠时的蚱蜢。

卢沟桥，就跨过这紧靠西门的桑乾河上，桥是那么庞大，通体是白的，略略的弓起脊背，如同一条朦胧的透明的醉虾。桥长六十六尺，宽二十六尺，有十一个大孔，洪涛在它的下面惊怪的奔流。它的守护神，是一只石刻的“朝天吼”，安放在桥的西端。

桥上可以容得住三辆大车并排着跑。在金代和元代，这座桥矜夸过历史的繁荣，桥柱上全刻着精巧的狮头，每个狮头有着一个特殊的式样，在幽长的岁月中，夸示着匠人奇异的工技。北京人说：“卢沟桥上的狮子，数不清！”

原野上的孩子，便说：

“彰仪门，盖得高，小井大井卢沟桥，良乡塔，漫山坡，过了窦店琉璃河……”“走过京，闯过卫，卢沟桥上上过税……”

卢沟桥在豆青色的石碑上刻着宛约的“卢沟晓月”的古代碑碣的湮远的形容之下，成为北京八景之一了。古时人的感情，对于它，是“落日卢沟桥上柳，送人几度出京华。”

从中古世纪流传下来的蓝蓬竹车，陆续的从打磨厂出发，沿着明清时代赶考的举子和盐运的商贾通行的石板路上，通过彰仪门大道一直向南，全程四十里路，一色都是白石铺砌，马颠着，车响着，村庄是零落的，菜园偶然的侵夺了一块地面，铺出了金糊糊的菜花。路是慢腾腾地而且烟尘滚滚……这是从北平走向卢沟桥的唯一的路。

这时铁岭也在一支小小的人马里，向西苑开拔了，他们便是走过这条路的，他们是从保定来。

铁岭自从顺服着哥哥的遗嘱的嘱托，便流落到关里来。他没有方法来过生活，便加入到那时的华北的军队里面去。他的番号是二十九军三十七师三团一营二连第一排，他的等级是中士。他的工作是提七斤半的枪，拿八块半的饷，他是一个真正的小兵。

他到西苑第一天，便受到了他的新伙伴的嘲笑。

“你的长样像个大塔似的，还不留在东北抗日，跑到华北干什么？”

他全不理会这些，他是吃尽了苦头了，他在新民当过铁路工人，在山海关当过“小杠夫”，在秦皇岛当过码头工人，在唐山挖过煤，现在他是当上了小兵，他找到了很好的安歇的地方。他是赚了一段钱，便走了一段路的。他来到了北平，看见了厚敦敦的红色的城垣，黄琉璃瓦的屋顶，白石铺的御道，天空异样的纸鸢……但这与他完全无关，他还得出卖自己的青春和可怕的强壮。

当时的北平是在极复杂的政治错综之下维系着，这与铁岭完全无关。他一点都不知道，就是日本报纸所竭力鼓吹的说他们是抗日部队的事，他也全不知道。三十七师是在一个便衣队的首领白坚武在丰台起事之后，才开到北平的。

那时，北平人看见他们风尘仆仆的开进土灰满地的城门，都感激得不知道说什么好，只说他们是老百姓的军队，而他们对很少讲话的冯治安将军尤其感到可亲。铁岭那时在保定。他是最近才在西苑了。

当时的冀察政权显出空前的紧张繁颐，北平成了一个并不太小的城市，过去北洋系，直系，安福系，东北军的，民元时代的退伍军人，失意政客，伪装的谋臣，猪仔议员，二十年前日本留学生，都忽然的互相酬酢起来，而且住在华北当轴的公馆里面，接受新闻记者们的拜访和谈话。

那时的北方局面，差不多以天津北平青岛作为三角形的活动，展开了良心和势力的冲突，封建残余和民族思想的决斗，缺乏现代政治机敏性的头脑家，天天在粉饰和阿谀之下，兜圈子。造成华北的后退和混沌的一个特殊的场面。

那时成为政治上支柱的人。是从四面八方来的，残余的人类的渣滓，戈定远、杨非庚、陈希文、张璧、孙昌应、谢振平、还有石敬亨、张允荣、佟麟阁这几个老僚属，还有刘冬轩、常小川、施骥生、还有门治中、富占魁、李翰华、富葆衡、胡毓坤、牛学虚、王若信、荣弼亮、刘振州、赵登禹、邵文凯。陈觉生是北宁路局局长，公开放任走私。齐燮元、王楫唐、李思浩、陆宗舆、曹汝霖、高凌蔚、宋梅村、冷泉骥、还有公开的汉奸、李延玉、吕均、钮传善……在野的小野心家有金梁、伊仲焕、刘大同、周养庵、徐良……都是混水摸鱼的能手。有大学教授公开拥护自治运动，汉奸报纸“兴中报”由报贩沿街呼卖。这些陈渣在多灰的北平重新泛起来了，显得这个古老的大城热闹而喧嚣。

这些人里，有的是民元陈代的老辈，有的还是很好的道德家，老眼昏花的看了当前的人欲横流，梦想着出来以作中流砥柱……有的则完全受了日本的雇佣澈底的来出卖国家民族，他们就混为一谈，天天的淘在政治的漩涡里面熙熙攘攘，你争我夺，于是，报纸宣称北方特殊化了。

也就是在这个时候，西苑一带已发现了传单和学生们的秘密游说，他们指出了宋梅村是孙传芳的旧部，决不是好东西，吕均是奸邪的狗奴，陈觉生是特务机关派出来的……而二十九军是喜峰口抗过日的，是老百姓的军队，是抗日的健儿。

铁岭对这些还不十分愿意听进去，因为打日本之类的话，当他在故乡的时候，就听得太多了，而且他也亲眼看见过义勇军怎样打了日本鬼子的。这些宣传对于他个人，简直是没有什么新鲜。他天天上操，喊口号、服从、他吃得比从前胖了，而且比从前变得更少说话。

……………………………………………

忽然有一天，他的团长告诉他们，今天有学生图谋暴动，令他们一连出来武装弹压，他带好枪，便跟着队伍去了。

这一天是十二月十六日。

学生是在九号那天游行过一次的，有两千多人，沿途散发传单，镇压他们的宋哲元的警察和士兵，把接过来的传单，仔细的折好，放在怀里，准备拿回家去偷看，所以这次游行，并没有闹出乱子。

学生们回校的时候，沿途的老百姓都给他们送水，说他们一定渴了。

在十六日的清晨，北平全城的学生们，又行了第二次的大示威游行。

这一天城外学校的学生，因为这一次游行时，被军警们隔到城外，这次他们怕依然闯不进城来，所以便在头一天晚上，秘密派进城里一部份来，也好使今天城里看见他的学校的校旗。

郊外的学校，这一天五点钟，便在草坪上会合。清华大学和燕京大学两个著名的大学作了领导，一个大学大概参加了八百多人，统共有一千六七百人。

在出发之前，校警得了信息，便随时打电话向宋哲元告诉了他们的行动和企图。

他们分成了三大队，夺出了校门之后，便变成单行，在荒凉的小道上向城里踽踽进行。

野村里小狗也不吠，农人听见了动静，披起衣服来瞧，学生们便把传单散发给他们看。

到了西直门的时候，发现城门早已关闭，有的主张爬墙进城，但是恐怕爬不进去的很多，便改由西便门去闯。

城里这时大学和中学都已经出动了，北京大学、北平大学、女一中、官立一中、中国大学、东北大学、法学院、医学院、中法大学、辅仁大学、女子师范大学、……师大附中……被关在校门里，没能出来，许多小学都临时放学，把学生交给家长。这时大街上人们的热情被鼓惑了，民众的感情和理智都是接近在学生这方面的，有的外国学生和邮政工友，都来参加。

学生大队伍在西城会合之后，冲过了西四牌楼的军警的重围，气焰更盛了，他们沿街喊出反对国体分裂的口号，反对北方的特殊化，反对宋哲元的屈辱的措置。军警在后面追击着他们。

等他们到了沙滩的时候，这时华北的军警早已布置好了，水龙、木棍、大刀、枪柄、刺刀、盒子炮……一齐都对准了浩荡西来的安静的学生。

这时他们的水龙灌好了带冰的冷水，向着大队凶狂的放射。学生们便过来夺水龙，有的用削利的小刀，来刺破水带，使它的水力分散。学生夺过水龙来了，便转过头来向警察们喷射。

警察也怕冷的，冰水淋漓了他们一脖颈，他们老羞成怒，便将预先储藏下的砖头，向学生们抛来。

学生等他们抛得够数了，便从地面上拾起来还击，有两个童军小学生也帮着抬起石头，传递给他们的大哥哥来应用，因为他们的手太小了。

砖头不能驱散学生时，他们便用棒子，后来便用刺刀，大刀，后来就开了枪。

镇压学生的第二连，便是这时参加进来的，铁岭也在内，他工作的最勇敢，也最严肃，他从不讲一句话，他很爽快的用大刀片削去了一个学生的鼻子。

水龙雪花似的向警察这边放，水龙落在学生的手里了，黑衣的警察便逃散了，这时灰色的兵士补充上来，奋勇的和学生宣战。逃散的警察们看他们打得好了又重新聚拢来，所以齐声一喊，声势就浩荡起来，他们向前猛力一扑，三条水龙又被他们夺过了两条。学生便集中了石块来捣毁水管。

水龙失去了效力了，他们便抡起了枪柄和大刀，有的是专检女学生来追赶的。

铁岭打得非常得手，是他出关以来，第一次得到精神奔放的好机会。他是以打人为乐趣的，他是出口伤人，举手打人惯了的。不打人，他心里难受。今天他是奉令打人，他好得意。他追赶一个学生像追赶一只兔子一样，他把北平红色的城垣，都看成了褐色的山石，一直追下去，他想："跑了兔子，不打围，他妈的！"他追下去。

这时城外的学生已经集合在西便门外了，城上的二十九军的守兵便向下打出石块来，有人用喇叭筒，对他们解说。"中国人不打中国人！""拥护抗日的二十九军！"

西便门的城墙高耸起来，下边都是浅湖的砂滩，学生们散开来，站在西边，便商量着怎样来推门。

推门的更多了，城门里边是用大铁拴拴住了的。下边是一个石块将门牢牢挡住，相当的难推。

门摇摇的要开了，但仔细一看，却是仍然如旧。

人们集在一起再推，但是因为用力的不一致，力量都分散了。

有一个学生招呼大家。

"我们一齐喊一二三，到四再推。"

这样十人一班，十人一班，都按照着四的节奏来推。

门的缝越来越大了。

靠近门的多半都是健壮的同学，他们推得最猛。

"一二三——四，推，开了，开了！"

"一二三，四，开了，门开了！"

但是门没有开，只是摇，门更摇着，推门的人便发狂了。门颤动而发出碎裂的声音。

忽然群众一声呼喊，一扇门风吹似的倒下去，但马上又站直了，门开了一道大缝，人便从这道缝里水流似的涌进。

“小心，脚下电流，他们通了电流了的。”

于是大家都避开铁道扎上的铁线，来整理队伍沿着铁道走去。

城里早已知道郊外的学生打进门来了，城里的队伍更加兴奋，两队一会合时，一边便诉说它们夺水龙时的情形，一边便诉说他们排开城门时的感激。

大队到达彰仪门时，这时奉命堵截学生的大队人马，都手里拿着枪柄，还有修路用的铁锨，长刀，石块，铁棍，向学生猛扑而来。

铁岭这时打得最起劲，他两臂发狂的挥动起来，他想学生怎能是他的对手呢！牛犊子也让他一手掀倒了。他兴奋极了，大打起来，他喊道：“你也不睁眼瞧瞧，我他妈的是干啥的出身！”他一路打过去，学生们被他打得东倒西歪。

忽然间一群学生用着从他们手上夺下来的棍子向他冲过来。

铁岭全不介意，就是一群野狼，也没能拼过他的。

但是学生冲过来了，手中拿着石块和棍子。

他一不当心，脚上被砖块绊了一交，他挣扎起来，群众就涌上来了，他想用刺刀来刺，可是自己的那杆枪已由学生们夺去，一只手一只手的传过去，他干着急，拿不到了。

不知为什么，一个学生将他的枪柄向一垛很高的砖墙里抛去，他没有来得及看清到底是怎么一回儿事，他的枪不见了，没有了。

怒火一冲，他想跳起来打，但是学生们的拳头一齐放下来。

一个学生喊：

“不要打，不要打他。”

另外一个学生说：

“打死他，打死他！”

他现在是徒手了。

许多学生都气喘的喊。

“放开他，放开他，不要和警察对立。”

拳头稀薄了，他浑身是土爬起来。

一个小学生在后边冲过来，向他作鬼脸。“哄哄！”像恐吓一条逃跑的狗似的。

铁岭逃开去。

这时城里学生和郊外大队会合起来，声势更大了。

到了石驸马大街，那时附中的小朋友们，事先被关在学校里，没有给放出来，他们便攀着铁门，隔着墙喊口号，并且把棍棒从门缝里递出来，交给大队来应用。

这时警察又会合起来，整队冲过来，学生们拿了这新得到的棒和石块来抵抗的时候，警察又退走了。

大队沿途组织了讲演队和谈话队，沿途宣传，浩浩荡荡的奔向前门去，他们想冲到冀察政委会的所在地。

前门大街也装满了灰色的士兵，不许学生通过。

大队在这里招开了扩大市民大会。

通过了八个议案，反对国体分裂，反对政权分裂，拥护有抗日光荣传统的二十九军。

许多的外国记者，都集拢在石阶前拍照，纠察骑着脚踏车穿梭似的跑。

这时，石阶的朝房里钻出一个穿着小白褂的巡警来，向下骂着。

“他妈，你们回去不回去?”

他仿佛还没有睡醒，醉眼朦胧的向学生指问。

有个学生便问他：“你的衣服也不穿整齐，什么样子。”

记者们便对他拍照。

他说：“我开枪了!”

便开枪了。

学生们向后退几步，又停下来，人集拢来，仍是密密丛丛的。有的商店便慌忙的关门，有的想躲进去的学生，都被推出来。

学生的人数，仍然不减，所以他们没办法，便使学生沿着另外一条路跑，迂回的走向宣武门去，他们好把宣武门先有时间关得紧紧的。

走入打磨厂的小弄里，他们用方法想把大队切断，然后分别驱逐，同学发觉出这个阴谋，又重新回过头来，保持了原有的队形。

到了宣武门，门里的关在门里，门外的关在门外，他们都不能联合在一块。中间一条门板隔住了他们，有人到城墙上面喊道："只要你们把城门打开就行了。"

一个女生由城门的门枕里钻过去，她被捕了。

这时有的同学买水喝，有的还想起来吃一点儿面。有一个学生则认为根本不应该吃东西。他带着急燥而又训戒的口气，喊着：

"你们还有心肠吃东西吗？"

身畔的人不能理解的望着他，他又转身去教训别人去了。

直到晚上交涉没有结果。许多慈善团体和基督教团体都送些食物来。面包香肠和馒头。

到晚来，一些过于热情的同学都在宣武门外打野铺睡，非等开门不可。

这夜十二时以后，宣武门的电灯突然昏暗，四面预伏的军警包围上来。他们把禁止通行的栏栅拉紧，不令他们很快的逃跑，于是枪柄，刀锋一齐向学生的脊背，脸颊上打下来。

直到天明四点的时候，前门一带的住户，还听得见被追跟的学生们的惨号。

可惜这时候已经没有铁岭的机会了，他在归队时，因为失去了枪，已经坐了禁闭。

连长问他：

“你的枪呢？”

他说：“让学生抢去了。”

“你怎能证明是学生抢去了呢？”连长问。

“他们打了我。”铁岭答。

“为什么身上没有伤呢？”

“他们打了我。”铁岭接着又说：

“因为后来，他们说，不要打了，不要打伤了他！”

“那么你便把枪给了他们？”连长又问。

“不是我给的，是他们抢去的。”铁岭回答。

连长狡猾的笑了一笑。

“为什么他们不抢别人的，只抢你的呢？”

“我不知道。”

“你平日好打人，现在正是好机会，为什么你没打着人，反而送去了枪了呢？”

“他们人多，抢了去的。”

“有人报告，你是把枪送给学生的。”

“连长，谁报的告，我和他对供。”

“反正有人报告，你把枪送给学生，你们有组织，是不是，叫反日大同盟？”

“报告连长，不知道！”

“你不必抵赖，你枪交给谁了，他是什么学校的？”

“我没有，是他们抢了的。”

“他们抢你，反而你并没有挨着打，是怎样一回子事？”

“他们说：‘不要打他了，不要打伤他。’”

“那么为什么，你们连里李连科都被打得头破血流？”

“不知道。”

“枪是军人第二生命，你知道不知道？”

“报告连长，知道。”

“那么，丢了呢？”

“连长，实在是抢去的，当时我跌了一交。”

“能证明吗？”

“学生们都看见了。”

“你想让学生来证明？”

铁岭困惑了，让学生来证明，他不认识一个学生。

“学生有几个是你的同伙？”连长又问。

他只恨当时学生为什么那样轻飘飘的放了他，为什么不重重打他打出了几块重伤，也好使他对长官能有话说，他非常愤恨。

“你在这上画一个押。”连长指着一块纸头。

他胡乱在纸上画了一下，就被带下去了。

他活倒霉被关起来了，毫无申辩的机会。那个宋哲元军队思想薰陶下的连长还明明白白对他说：

“我都知道，你们这几个东北人思家心切，容易受人利用，这些学生们，都是研究过心理学的，他们跑到我们军队里秘密工作的，多半都是先捉你们作对手。你们无知，就轻易的上了他们的大当，你的枪居然都送给他们，他们是图谋暴动，你知道不知道？”

所以铁岭非常感伤，他是硬汉子，他要真的这样做了，他宁愿承认。但是他没有，他冤枉。但他又不愿作无用的申辩，所以他心里一思索起来，就非常难过，而且就有几分悔恨，自己平日作事太糊涂，而且为什么也不想一想，怎么都只凭一股血气，便火烧眉毛似的东撞一头，西扎一头呢？……

在夜里，他听送饭的火头军说，一挨肩的房子里关了十几个，说不定要枪毙几个镇压镇压。并且还劝他外面要是有亲戚朋友赶快送个信，老头儿还说明请他不要误会，他不是想弄几个钱，他情愿尽义务。

铁岭止住了他那不吉的谈论，本想打那老头子一顿，但是心里一软，手又放下来。

一夜他没有好好的睡觉，想起故乡的一切，高高的，宽敞的大田，红缨的苞米，白桦的林子，清凉的井水……一切都是可爱的，他又想起了哥哥，哥哥临死嘱咐他的话，哥哥还对他说，应该“替国出力”，他什么都没有作好，非常的对不起哥哥，哥哥的坟头也没有的人添土，过春雨水大，该漏了吧……他越发惭愧而且感伤，觉得自己糊涂可笑，在生存上简直和一条蠢猪和一条倔性的驴是一样的。自己平常以为了不起，出口伤人，举手打人，现在有嘴连控诉自己都不可能，要是一旦推出去，他就糊里糊涂的死掉。过去他曾嘲笑哥哥的死，毫无价值，简直白活一回，和蚂蚁一样。现在他还不如哥哥的一角，哥哥还像一个人一样的死去，但是他却不能……他不能形容，自己像什么，反正有一天，他会被人用手指一动，便在人类的大地上滑落，没有人知道他在那一天没有了，那一刻他去了，什么地方埋葬了他，他留下了什么，他都不知道，而别人也不知道；……他气恼而且悲哀，想和连长讲话去。

但是当夜里连长拉出他来问他最后一供时，他又什么都讲不出来。

在忧愁里他合衣睡倒，他知道，自己生命是无望了，死决定了他。

假设他若逃过这条死的界线，他也许要认真干一些事情……那过去的二十几年，他每天紧张、快乐、喊叫、奔跑、吃、喝，但他都不知道为的是什么，他不知道，他好像活着满有趣味，但揭开来一看，便什么都没有了，什么都变成灰败而且毫无光彩。就如一个看万花筒的孩子，他翻动自己的一个小世界，他新奇，惊讶，而且感到自己眼中的伟大，等他一旦把那玻璃筒砸碎，仔细一查验，原来不过是几片碎玻璃片而已，他原来毫无所有，连被人可笑的东西都没有。

他朦胧而且疲倦，思想困绕着他，使他没有自主的能力，也失去对于陷落在绝望的深渊里的命运可能的拯救。……

监门动了，是在黑暗中，他全身一冷，死的预感如同一个溜转的雪球似的随着门扇的推动声滚进了房里，而且逼近来了，带来一种渗人的酷寒，从他每个毛孔向里边强制的侵入，他感到麻木，慌惑，心灵破碎，而且就要死了。

有人匆促的走到他的身边，告诉他：

“都预备好了，快跑，外面有马！”

他茫然了，不知道到底是怎样一回事，也不能辨别对他讲话的人，是真是假，单凭着渴望要改换现在的就要濒临死亡的环境的决心，他不管三七二十一，一口气，就冲出去了。在门外他便遇见了几个人，拉起他的手向外就逃。后面枪声追着他们，他跳上了马，马奔跑着。在黑暗里，也没有马鞍，他搂着马鬃，便随着前面的烟尘，逃跑了。他一直在谜里，但是他只明白了一个事实：他逃出来了。

等到他们到了村子里，把老百姓的衣服换上之后，他们逃得更安心了。那些真正的反日份子，在劫持了别人时，也把他逸放出来了。天明他们一点验人数，只有铁岭是陌生人，等他讲明了，大家都意外的大笑起来。

第四章

这里还是叙述铁岭的过去：

铁岭重新和生命接触了，他的求生的愿望更强张起来。殷沉的炭是比一切的木炭更经得起燃烧的，因为炭的火焰是曾经一度被人扑灭过了，而又重新奔向火焰的缘故。

铁岭的心是沉重而狂张，他显然是有些改变了，山西高原强烈的干燥，使他敲着可以叮当响了。他的身躯更显得高大干爽。这有着兽性的极端的变异的气候，驱使他的感情和理智都投掷在流荡的震响里，仿佛冬季水流的冰块，从高山跌落下来，每寸都有他显明的动作，每寸都有它铿锵的音节。

他如同三月的榆树，脱弃了冬季的忧郁，和寒气里的萎缩，现在是迎着风伸遍了枝丫，带着畅快的亮黄。在过去，在那迟滞的时日里，铁岭还是个无知的小孩，对于一切都是无邪的看顾，都是无邪的忽略，甚至于在唐山挖煤，在码头作工的时候，他都是无知而且随便，那时唯一的目的，便是赚了钱，向前赶……赶过来一段路，他还是原来的自己，路上什么他都没看见，自己也没有什么改变。

他是原始的无神论者，或者可以说，他是原始的多神论者，他回到家里不信服那淫邪的花大神可以治好哥哥的病症，他徘徊在山上时，他不相信山神可以送给他更多的鹿茸。他从来便只是信任自己的体力，而且下意识的感情的对着它存在着几分崇拜和袒护。至于体力是谁赋予他的，他没有耐心去想，而且觉得那是属于屑碎的病惑的邪教徒的事。而且这种不尽的推想，最容易引起恐惧和幻想，恐惧和幻想对于他都是可鄙的而且附带着几分不祥的，他必须远离而且加以制止。他对于一切的认识，都是直觉的，谷种在地上，可以结出更多的谷来，苏子必须先咂破了皮，才能发出芽儿来，一穗包米可以结出九穗，一颗豆秧可以爬成一丈长。他对于眼前物事的解释，也是爽快而且没有深思的，河开了，他惊喜的叫着：河开了。柳树茸黄了，他知道春天来了。在田里碰见好看的鸟雀叫着，如其声音是悦耳的，他便任着他多哨着，要是乌鸦之类，他便将石块丢上去，停止了它的鸣叫。他觉得生命是简单而且无须顾虑，他吃饭时，从不会想到碗里有砂子的。他觉得计划太多的人，都是可笑而且胆小的。当然在军营的监禁里，他也曾绝望过，而且显示出藐小和软弱，但是，现在他完全没有那样幼稚了，他知道一只手，有手心的一面，有手背的一面，但是还可能有侧着的一面。这侧着的一面，在从前他是想不到的。

铁岭的性情，是不惯于流动的，他虽然喜爱新奇，但他更爱的是保守，他对于远方或未知的世界，他没有航海的水手的热情，他对于土地却有着一种固执的黏贴性。命运追赶着他，使他不得不违反自己的意思经历了很多的地方，而这些又是他所不情愿的。他所向往的，都不是这些。他是最适于过着一个小农的劳动生活的，他并不惯于向人事奔跑和追逐。在山西他参加过雁门关和平型关的战役，在他打滑下来之后便和别的部队会合，打游击战去了。在游击队里，他得到很多的知识，而他的山林的性格，也得了极度的发挥。他的惊人的工作，是收编土匪。他的支队长的荣誉，也是因为这个工作的刻苦而得到的，他收编的大小股匪不下十数次，每次都是一身当先，开门见山的干起来，所以他们都管他叫“冲天炮”。

在北方的那次镇压学生运动的表现里，他是毫无考虑的，把初民的感情，作了一回扩大的运用。他是思想随着动作走的，动作所到的地方，才是思想和感情所到的地方。他无须对于眼前的事情作出思维的把握，他只要看着他们撞触就够了。瞎子行路的时候，有一条杖就行了，他不必用眼，他并没有什么特殊的不方便，箸肉的棱起作用，比起理智的忧虑，对于他是更觉明朗而且有趣。对于应该思想的事物，他常常急切喊着：“我耐不住了，我心难受！”于是他就要求体力的发挥了，在体力的发挥之中，他得到了决定和结论，他处理事务是简单而且快当的。但是在山西他学到了很多，农民有一种特殊的狡猾就是对于一切的不信任和复仇心理的顽固。在脱离了山林生活的铁岭的初步的自觉里，他最容易抓取过来用的也便是农民素质的广大和反覆，应付未来的复杂事件的一切手段也必须得从这里演绎出来。

所以这之后，他每次再说：“我耐不住了，我心难受！”那样的话时，自己便预先暗藏下两种不同的解释，一个是——他要运用方法来求得解决了，他要决定了，他要干了。一个是——不要打扰我等我一个人来思索一下再说吧！他的风趣和活动并没有比起从前有任何的改异，但他的内心已经加添了很多的新的另外的一些东西。而人们依于从他的手势的举措和言语的重音里来判断他的时候，把他看成依然和从前一样，或者更要简单和鲁莽，而真正的自觉的他，却可在这个瞬间来作更好的防御和攻击了。

等他从死的阴影之下逃脱，又在这些崭新的事物之中来思索自己的时候，他便聪明了。高山的政治多样性，帮助了他，人家在他的给人十足的憨直的印象里，常常放任了他，没有准备下防范，铁岭为了这一个新的好处，常常自己秘密的暗笑，他在这广阔的山里打着游击战，而他更出色的工作是收编土匪。

在西北高原地带吸收土匪来到有纪律的有战斗性的正规队伍来，不是一作轻松的事。这是须得先掏出生命来再掏出枪的不怕死的家伙们才干得来的，而铁岭每次都得到非常的成功。

有一次他去收编李三麻子的队伍。

李三麻子过去是老汤的部下，老汤在热河的封建庄园主的生活，经过那次大的败退之后，地方政权的榨取机构，也随着逃亡了。他的部下，又恢复了从前的营生，干起土匪行道，这不过是把土著的剥削制度改变成为流动的剥削制度罢了。这些土匪在春天便向老百姓抢劫，在秋天便令老百姓来纳税……而李三麻子尤其顽劣，他的顶有名的故事，就是他的座骑，配着老汤当年全副装辔。这副鞍辔，从鞍到蹬都是景泰蓝的烧蓝翠镶做的，嚼子是二龙戏珠的银锁链，当头镶嵌两颗真正的大广珠，马臀上披拂了带着闪亮的海蛎膜的圆片的丝线扎的黄批挂，两边垂落下来一色儿的金流苏。这是老汤的马鞍第二号，那一只最宝贵的全用金叶子包的明璜璜的鞍头已经被送给人作人情去了。

李三麻子是爆仗一样的性格，在山野的高地上，是没有人愿意和他接近的，那预料的不幸，常常是死。他的最有名的口头语，是——

“杀人和啖馅饼一样，吃一个，想一个！”

老百姓们说他马蹄踏过的地方，都长不出青草来，那意思是申说他部下的残暴，和一路吃过去的白蚁一样，不管是什么，凡是可以吃光的都吃光，他的部队是有名的，但是铁岭的故事尤其有名。大队长的命令，是让铁岭去收编他们了。铁岭接到了命令，便在当天的夜里征求敢死队，然后自己领头出发。出发之前，他对弟兄们说话：

“诸位兄弟，现在又是我们打天下的时候了，有捧我的，站出来，五十名，我领头——你们若看见我尿了裤子，你们让我头朝下来见你！”

李三麻子住的是陈家老院，在山西东部这里是有名的“大园子”，李三麻子住在这儿和住在兵营的官房一样，他的部下只少也有三百名。一天就可以吃一石米。他们每天到远处去抢劫，然后在这儿打架斗狠的来分赃。他们占据这儿已经一个月了，他们也许就快走了，准备到更肥实的地方去。但是他们还不想走，他们没有把附近铁岭所属那支部队看在眼里，而且这里早已列在他们抢劫的目标的人物，还没有毫无遗漏的照顾到，他们仍然要停留下的。

当夜铁岭向他们进袭。

在快要迫近敌人的子弹的有效射程的距离的时候，派人去搜“料水的”警戒哨，没有搜到，知道守夜的是在围墙的炮台。继续匍匐前进，人在土地上像弹动的虾子似的向前慎重的摸索。到了墙根底下了，疏散开间隔，将身子紧贴在地面，严密的注视着一个附近发出的细微的音响。解决李三麻子的围子，稍微一不小心，便要吃亏的，倘若失了手，他们这几个人是不够这凶狠的恶棍困住了来打靶的。并没有充分的把握和乐观，只是对于过去成绩的信赖支持了他们，铁岭一个人立刻挂上了软梯，窜上墙头去。他大吼一声：“你们被包围了！”然后花花的甩了两排子弹，“缴械，缴械！”花花的又是两排雨点似的打下去。“我们是机关枪连！”墙外的机关枪便卜卜卜卜的发出威力的震响来，卜卜卜卜像狂风里卷着砂石一样打扫过来，在静而深的暗沉沉的午夜里，更显出震吓的激响，“你们被包围了。”这时四面墙头上，都布置了人。

“缴械，缴械！”满墙头上都是这边的声音。吵闹和射击混成一团，里面的人刚刚惊醒过来，听见了被人包围的声音，便知道来势过猛。再加他们声明是机关枪连，机关枪一响，就益发着了慌。

“缴械，缴械！”人们喊着便跃下墙里去，里面起了混战，自己的人都彼此不能辨认，乱打了一通。声音爆豆似的飞迸，喊声夹杂着诟骂和呻吟。李三麻子顽劣的抵御，一点不顾情面，而且仿佛越打得凶他也越接应得凶似的。

“外面机关枪包围着你们了，够朋友的，受我们改编，兄弟们大家合手出力打日本，不够交情的请注意，外面机关枪包围了！朋友们，人心都是肉长的，将枪交出来，爷台字号，我铁岭和你们佛前一炷香，从今后‘把子’兄弟，剖心沥胆，换子交妻。够朋友的交出枪来，我铁岭也是奉命行事，公事公办，没有挟带藏掖，欺天灭地。大家都是爷台字号，公鸡打架，有个名儿的，彼此留个情面！……”随手又打了一排子弹，便喊道：“西边机关枪扫射，东边机关枪阵地警戒！”

他们唯一的一挺机关枪便扑扑的喷出尖烁的火舌来。

“缴械，缴械！”

围子里已经打乱作一团，有的人已经交了枪，被看在马棚里。

李三麻子站出一群来喊：

“够朋友的放给李三一条路，你们只要容我跳上一匹马的功夫……在后面开枪随便！”

铁岭的声音：

“够朋友的彼此不要为难，你对弟兄也得有个交带，我对弟兄也得有个交带，大家往明处好好想一想，我今天带兄弟们来了，不要给我不够面子。”

于是拼斗的声音更激越了。一架机关枪一会抬到东边来放一通，一会儿又抬到西边来放一通。卜卜卜的声音，把整个的围墙都震动得在空中回荡。敌人已经感觉处在劣势的地位，于是反击得就更凶。等到他们把李三麻子活活的捉住了，他们才只好答应了缴械。

铁岭走出来，检点了双方面失落的人数。

“诸位好汉子，阳棒点，铁岭不会错待人，我们一无冤二无仇，大家都是天字号的高山头上亮过名姓的，现在国家这个样子，正是各位出力成名的时候，请求诸位帮我一手，……今天对不起点，大家原谅。”于是押着他们走了。远远的山头上，吐出了鱼白的颜色，刚俘虏来的被惊吓的马，驼着东西，咻咻的喘出鼻气来，大路上踏起黄荡荡一道尘烟。

李三麻子一言不发，骑在马上，频频的回首注视那唯一的一梃机关枪。

铁岭说："三哥，我不敢占上，从此讨个情面，兄弟相看，你看你小兄弟的机关枪连！"那唯一的一梃机关枪的射手笑迷迷的看着他俩。他们只有一梃机关枪。

"好小子，方才你要让我知道，……我若让你带着一口活气回去，我不姓李，……好，有你的。"李三麻子歪着脸，嘍嘍的大笑，然后说："老弟，有你的，小小年纪，我佩服，我是大海里行船，在阴沟里翻车的，小兄弟，够朋友，从此兄弟甘心情愿跟你走一遭，今天算是我马高镫短！"

"朋友，不要放在心上，老弟也是不得已，这不算什么，将来三哥捕了大队长，当弟弟的情愿牵马引镫。"

于是他俩在白色的田野上带着人，马，枪和沉静的音响，面向着营盘缕缕行行的走去。铁岭每次缴械没有不成功的，而每次都是一个人在前边立第一功。这回捉回了李三麻子的，使他的名字念起来都感到无限的响亮。

同伴们都有个疑问，为什么他会这样的做出了使人甚至于不可相信的勇敢和成功呢？是不是他有什么特别的秘诀呢？经过每次的询问，他总是轻轻的笑笑，就过去了。

那天晚上，大家就在野甸上开了晚会，和两方面同伴的联欢，新加入的和旧有的同伴都迫着铁岭揭穿这个诀窍。

"铁岭，你有什么魔道？"

“没有什么，还不是那么回子事，你们都看见的。”

李三麻子笑着也问，他喝酒喝的最多，仿佛收编了反而更高兴似的。方才的事他一点儿都不记得了，被俘获的好像不是他，而是别人，谈着自己的事，也好像谈着别人，他也好奇的怂恿着铁岭说：

“铁岭，你说说看！”

“这没有什么，大家都干了这一杯，我来讲……”

铁岭一半正经一半开玩笑的对着大家笑着说：“干这份活计，就像新娘子第一遭似的，谁也不知道怎样一回子事，可是到后来有好处，若是心虚没底的，一定得倒霉。这个行道，顶危险的是最末后的一个人，顶安全的是第一个，我每次都是第一个，所以我最安全……我第一个和敌人搭话，当时敌人措手不及，当然他不会打伤了我的，等他们有了准备了，可是弟兄们都已经冲上来了。这时我任务终了，就可以躲在最安全的地方来观战。”大家都诙谐的乱哄起来，有的喊好，有的还鼓掌。“恭候最后的胜利的到来……可是那个奸心眼的，当尾巴的家伙呢，……开初他本来不敢上去，眼看这时大家都交了手了，他想上去也无妨，何不趁火打劫呢？也检点甜头吃，将来也好报功呢！可是这时正是你死我活真刀真枪的时候，他本来一向心虚，还没占着上风，竖起胆子来呢，心中本来没底，又打又不打的，想检便宜，犹疑之间，敌人上来没有不吃横亏的，可是那个开初先下手的，这时早已踩好道眼，看准虚实，手起刀落自然打一个是一个了，而且他已屡建奇功，满心高兴，越打越起劲，越打越有便宜，所以最后胜利终属于我。敌人上手就吃了亏，这时大势已去，自然就是如此这般了！报告完毕！”

“这次，你躲在那儿最安全地带去了呢？”群众里有人向他开玩笑。

“我躲的地方，你们是看见的。”

“看见的地方，不能算是躲！”

“也不能回回找着安全地带呀……我不是说过吗，最安全地带，就是最前线吗！”

掌声像春雷似的，从四面浮漾起来。李三麻子拿起一大瓶酒，直着脖颈便往下灌，他已经有些半醉了，他横倒竖歪的，拍着铁岭的肩膀，斜乜着眼说：“老弟，看不出你有这些真张实话，从此你三哥，情愿给你拴马坠镫，决无怨言，妈的，我今年四十二岁了，我算白活，我从今天我要学一学。”他勉勉强强的站直了，对他的旧部下，作了一篇演说，接着东倒西歪的又说：

“妈的，从今天起，你们要听铁岭的指挥，……”

旁边有人告诉他：“要听朱总司令的指挥……”

“你们要听朱总司令的指挥，和铁岭队长学，老人古话说的好，放下屠刀，立地为佛，我们现在洗手了，我们要予以自新之路，从此我们要成佛作祖，我们一同打倒日本帝国主义，听见了吗？完了！”

于是他转过身来对铁岭：

“你们的生活可也蛮有意思呢！”

“新媳妇上轿，好的在后边哪，三把头，你来了把我们的劲儿提高了。”

“老弟，我是从老汤的伙夫升为营长，三杯酒，盖了脸，实不相瞒，老弟虽然没干过好事，可是我没有一次丧过良心。今天我自己罚我自己做伙夫，晚上饭我来下锅煮饭，我从此改邪归正，作你一名侍从，老弟，我心直口快，我一听改编，我总以为你们收拾我，没想到，你们待我好！”李三麻子狡猾的说不知道是真是假。

“三把头，明天领你到燕子河，你看看，那也是收编的兄弟，保你满意，自家人一样！”

李三麻子感动得几乎像个三岁的孩子一样。

“好朋友，你叫我干什么，我干什么，赴汤蹈火，我的命都搛在你手心，朋友，我能不去吗？我在江湖上，混过四十年了，我要不交朋友能有今天吗？”

李三麻子喝醉了酒，还赌气的痛哭了好一阵，说从前当土匪头儿时，哭是不中用的。但是现在改邪归正了。哭是没有人笑话的，大家就取笑他，故意给他喝酒。许多人围着他唱大秧歌……

从此李三麻子的命运便和铁岭联系在一起……

铁岭在理智上苍老了，而且也喜欢把自己放在事务里，习惯的把日子从人的漩涡开发出去，还没有感到十分的苦恼，山林的生活，除了在梦中，有时恢复到他的身上之外，他已经是一个事务的能手了。铁岭不能清楚这些蜕联的次序规律，他只是觉得这样也不错，他不过是常常把追赶一只鹿的机警和锐敏，来追寻一点儿事务和道理，他仿佛并不感到像开初的那样陌生和痛苦，流浪使他自己不能选择自身的喜悦是什么，也不能规定他接触的是什么人。铁岭有一种意见，总以为不是按照自己规定所取得的，不能认为满意。但他能规定的，或者他所需要规定的是什么呢？他也不能清楚的知道。他有时想起来就空虚，觉得自己生活的多余，奔跑的多余，说笑的多余，他的分量也不能确定，有时被人家看得很高，有时又被人家看得很卑下的。

主动的运用自己的命运的要求，无时无刻不侵蚀着他，使他常常跌落在焦急和伤痛里，而且灰心的极度里，又勉强振奋。他的对于野蛮的适应和对于粗鲁的荒蛮的控制运用，规定了他可能的工作进程，一些是他所不愿的，而又无可如何，必得接受的；接受之后，再熟习起来，感到无限亲切和激动。当着他立在草场上，向远远望去，看着那北国的混浊而又透明的天气，一切的山，水，树木，天边，田地……都是淡的远的，仿佛是雄大的铅板铺成的一样，巨型而又是薄薄的……他有时甚至感伤起来。他伸手试试风丝和天气的寒冷，太阳黄金似的晒落一地，他浑身感到烦燥而且带着苦味的快乐。他向着遥远，默默的望着，好久好久不去。如或是累了，他便歪在草地上，折拾着野草。高原地带的黄澄澄的家乡的菜园一样的花朵，把他带进更深一层的怀乡病似的忧郁，而把这些由于不能索解和不能论断的笨拙而得到的痛苦，融解了成为那强烈的山原和花朵。他便把花朵摘取下来，花朵黄的紫的，……开了满地，这使他快乐，而且想起了温暖的童年。他喜欢向附近牧羊的孩子们打听它们那些并不美丽的名字，兔子花，油瓶子，墨瓶子，鬼豆角，臭蒿子，……他每次听见那些奇怪的命名，便爆出了农夫的大笑，而抖落了身上的茅草，回家去了。

游击战的生活，使他仍然保有了从前山林中对于兽群格斗的习惯，整个的时日都是为了追逐和射击而安排的，并没有休息和躲懒的闲空，对付敌人是和对付野兽一样，不能预定他到来的时间。所以克服的决心和器械也必须随时放存在手里，而夜的睡眼，便是枕伏在枪上过去的。

倘若听凭他来选择他的意志，并且为他所愿意得到的一切，他要的很少。他要二十亩田地自己种，他要一辆四套强壮的马拉着的车，能够做饭的妻子和两个快活的小孩，再不要什么了。

编了多少慓悍的土匪，别人都传说他如何惹不起，但他知道软弱和懦怯是随时都在他的血管里流动着的……。他们不能了解他。

李三麻子很快的和他成了朋友，而且愿意跟着他跑并且给他看相，说他有当师长的命，应该到东战场去，才能使他展开了才能，他愿意辅佐着他。铁岭信托他，愿意在那营长的身上，找寻出伙伕的根性来。他们大声说笑。

第二天早晨李三麻子便跑了，偷了铁岭的枪，骑了一匹栗色马，一个人开了小差。

部队派了四个人去追，其中铁岭是去讨回自己的枪，王德讨回自己的马。四个人骑了最慓悍的马，按照他可能逃跑的方向，向前赶着。

他们在小店里宿了一宿打听得李三麻子昨夜也是从这里走的。他们起五更便离开了那个在门板上用年红纸写着“鸡声茅店月，人迹板桥霜”的野店，饮好了马便追，在张寡妇河沿他们相遇了。于是双方开了火，铁岭是预先拨转马头，到前边叉路去等他，其余三个便三股秤的向李三麻子毫无情面的开枪。

李三麻子左右逢源的开着枪，三个人追着他喊着，逼他下马，李三麻子回过枪来就放倒一个，又回过枪放倒一个，剩下了自己一个人马不停蹄的追下去，子弹没有，打起马，只顾跑。

铁岭又从叉路兜起来，向他狠狠的递过来一排枪，李三麻子，一片树叶似的吹下马来。

铁岭骑着马追过来，喊道：

“把手里的枪扔出来，要不然我还钉你两枪。听见没有?”

一棵枪扔出来了。

铁岭逼着枪走近来。

“三把头，怎么了呵?”

李三麻子，翻过身来，歪着头，喽喽的笑：“老弟，饶了这一遭吧，我跟你回去。诚心诚意跟你一辈子，我伏了你!”

铁岭把他的枪拾起来，在里边倒出一粒子弹来。

李三麻子用吐沫抹着胳腮胡子，还是喽喽的。“这，这……就剩这一颗了，我还是跟你回去吧。”

“那么你打死两个人怎么说呢?”

“没有死，不会的。”

“你得抵命呵，你知道吗?”

“你带我回去吧，他们俩是马打滑失跌下去的。”

“放屁!”

“老弟！我没有打着他们致命的地方，老弟，我还有半口‘斋’哪，我能损阴丧德吗？老弟，当初诸葛亮怎的了，……人家捉了七回又放了七回!”

“跟着我走！闲话少说!”

李三麻子一条病了的狗似的垂着头坐在马上随着他走。

第五章

现在炮声轰隆轰隆的响着，这是排炮，是从夜里两点钟响起，一直响到现在的。

在这些天里，这里不断的有炮声轰击着。每个声音都是联串的，中间并不间断。好像怪兽的吼鸣，又仿佛带着一种不能解脱的沉郁，想用声音来敲毁一切的一面大鼓，从早到晚，在山谷里，无止息的敲着。

这地方已经被敌人的炮火给摧毁完了，现在尚未为敌人所占领。

在五天前的一个早上，敌人有三架侦察机飞过，那时弟兄们谨守了命令，都低下头，抱住枪，一动也不动。直到敌机飞得远了，他们才又做着军事上的配备。但是敌机却转弯回来了，这时大家注意力没有刚才那样严谨。有的甚至做了小小动作，还都没有遭受到伙伴的辱骂，敌机似乎也比刚才马虎得多，潦草的看了一下，就飞走开去。

当天的夜里，敌人便集中了火力向这里猛轰。

敌人的炮火继续了一天一夜，又派大批飞机疯狂的扫射和轰击。

我们的阵线本来是铁的，不动性的。而现在却在三千度的高热下，化作了流动的锡流，不安定的现出痉挛性转动。

后方的担架和包扎队，一向是很少的，因为有一个大队已经给第×师整师的旅部要去了，救护的人员都不够分配。但是所幸留下来的人，都很年青，他们都爱惜工作，沈着勇敢。所以受伤的战士还没有感受到一些什么不必要的痛苦。

卓雅就是在这个时候，给一个营长包扎时受了伤的。她并没有想到这一点点的伤痕，会断丧了她的性命，她是想不到的。她并没有想到自己会死，她从来没有过死的这个念头。

如今，一个人躲在泥泞的田地上，用手有力无力的摸抚着一颗半枯了的谷草在等待着死。有几个凌乱的草叶落在她的白色的看护服装上，她的发烧的双眼向天空望着，四面什么有生气的东西都没有，只有远处的炮声不断的轰隆的响着。在一切都已毁灭的静寂里，凡是有足以使空气震动的，便都仿佛是生物似的，觉得她是活的。炮弹落下去，就如一只巨大的蹄子，鲁莽的踏在一锅稀泥里，不期的向四外迸溅出来。她只有听着这蹄子在向远的路走去。

两天以前，是九月的最后一天。我们的战线，也就在这天里得到它的不祥的预感。战线的最后的挣扎，如同一只受伤了的翻折的蚯蚓，经过几度痛苦的扭转，终于给敌人切断了。我们的军队只有忍痛撤退……

敌人并不马上占领这块田地，也没有派人来搜索。敌人的战略是大概想把右翼也统统克服，才敢于放心过来占领，完成他们的扫荡战略。

卓雅躺在这一块土地，是从前叫做桑园庙的一个地方。原来是一座不太大的庙子，大概里边供奉着的是嫘祖大士的像，如今像已全毁，只有一只手还落在庙台的宝座上。前边有石凳作成的平滑的香案，在两天前，兄弟们还曾在这里喝茶，抽烟，而今只有一块赤裸的石板，平静的躺着。

卓雅受伤的那天，在这里的，受过训练的野战看护，还有三个。有两个是童子军，另外一个就是她。他给关营长包扎的时候，一个炸弹的碎片，落在她的左臂上。只擦了一层表皮和真皮去，并没有流了多少血。她并没有十分的洗涤，涂抹了一点过锰酸钾就算了。她以为不要紧，也没用橡皮膏贴起来，就又忙着给别的人去包扎去了。有许多轻伤的包扎完了，马上就上前线。有许多两臂能运用的受伤的同伴也都互相的绑着绷带。卓雅便作了这一群浑身汗臭和泥浆的朋友们最得力的帮手。

她用着酒精擦着他们黑色臂子和带毛的胸膛，给他们敷药，使他们的痛苦减少。在战争之前，她不晓得还有许多男人是在胸前长了一些野兽一般粗壮的汗毛的。她毫不厌倦，眼睛睁得很亮，过度的失眠，使她的眼框带了一道蓝边，眸子的瞳仁也闪耀的发着蓝光。有时候碘酒用得太多的时候，那长大的汉子便发出痛苦的咳叫声。有的硬性一点的，便咬紧牙关，不作呻吟，有的便不停的管她要喝水，有一个受伤过重的，在昏迷中还打了她。那是一个十八岁的开平人，扯住了她的胳臂喊着，“不要拿我的枪呵，不要拿我的枪呵！”第二天清早就咽气死了。

卓雅躺在这里已经一天一宿了，没人能来照顾她，她的热度已经升得很高，使她脸上涨红。准是细菌从她的擦伤的地方传进去了。

在她站着的时候，她为别人的生命护卫，在她倒下的时候，有生命的都从她的身畔走开了。

当着战争到了最惨烈的阶段，撤退的命令已经下了，而她仍然不愿离开几十个受伤的兄弟。因为她觉得自己先逃开了总是不太好的。在别人最需要着看顾的时候，自己反而想起来看顾自己了，这是更大的自私。而且弟兄们要水的声音又起来了。两个童子军小弟弟已为传达机要的消息，分派出去。这时也许要像只小猎犬似的伏着身子，在荆棘上越过，警戒的在完成他们所负的使命。所以她不能走，而且她知道自己身子很健康，可以跑跑，如果实在没有办法的时候，她还可以向后方跑，她记得她是认识路的。在撤退的时候，一切都是忙乱的。排长告诉她赶快退下去，随着先头部队走，过后便没有人记起这些话了，大家都分头忙着自己的任务。

这次的败绩，最大的原因，是因为汉奸在半途偷听了军用电话，将这方面的战机，报告给了敌人的缘故。撤退的行列虽然是有计划的，但是受重伤的弟兄们，却仍无办法救护出去。只能任着他们听凭敌人的到来，一个二十二岁的班长，对遗弃他的弟兄们大声的喊着："把我弄死吧，就用刺刀弄死吧，不要让我死在敌人的手里，求求你们，让我马上就死吧！"但是没有人来弄死他。他的头带着大而急切的汗珠子，急喘着在土地上转侧。没有人肯来弄死他，直到喊得筋疲力尽了，头上的黏汗已经变成热油，声音一刻比一刻小了，又大了，终于在旷野里沉落了。仿佛干裂的土地，在吸收了他的血液的时候，也把他的声音吸进去了一样。

太阳比任何时都毒，湖沼地带的水气是沉滞的，分子里包含的只是郁热和潮湿。到晚上也不散，或者说越是到晚上越是利害。所以蚊虻和蝇子的体积都特别大，又加有好多现成的血肉，足够吮吸，所以他们就兴奋的随着战争肥壮起来了。水草是纽错的，路途是泥滑的，湖沼泛滥着。水沟和水沟相联，一种小小的黑色的水虫，上上下下的折筋斗，一切都是烦燥的。

他们的撤退的队伍，便是沿着这条公路退走的。卓雅以为在实在无可作为时再退走，也不算迟，现在看来却成了一种幼稚的幻想。因为公路已经炸毁，而且队伍是秘密集合了的。到那儿去集合，是完全无法知悉，何况她又生了热病。

在队伍退去的时候，她从稻草堆里爬出来。她事先藏在这里的，等别人去了，她才敢出来。

连整理一下头发都没来得及，她带了一身的草叶和稻梗，便向伤病的一群那儿跑去。她想一定可以得到一片的惊呼和愉快。可是他们却用沉默来欢迎她。有的还在嘴里叽哩咕噜的说些埋怨话，说她过去不懂世故。

可是过了一会，他们就活泼起来了。带着惋惜的感激和共患难的喜悦，就又攀谈起来。并且还要替她计算退走的路线，那地方有敌人的封锁线，那地方有自己的队伍。并且替她决定了在黑夜来临时，就开始逃。

而当天的夜里她的热度就增高了。

远处的炮声，不断的轰隆的响着，敌人的排炮现在正响得凶，桑园庙这儿已经遭受不到火力的攻击了。只有天空时常有火线穿过，伤兵们在这儿毫无办法的转侧着。

大地里一切都是黑暗的，草虫凄凉的叫着，天气非常郁热，也不下雨，水源完全断了。

有的受伤的同志，扭扯在泥塘里，像猪一样，将身上抹满了泥浆，以为这可以使自己身体清爽一些。但是泥浆马上就硬结起来了。

延迟到昨天晚上，受重伤的差不多死完了。而另外一些能够动的都带一点儿破瓢烂罐之类到下边去取水去了。那时因为卓雅发热过高，所以不能动，便只有留在这里。他们都安慰她，等一会儿给她带水回来，也许碰巧还有好吃的，她知道他们一定会回来的。但是直到太阳又从地平线升起来了，照例的早课——炮声反远远的响起了，他们还没有人回来。也许给敌人俘虏了，也许遭受了另外一些不测，不过她下意识的知道自己一定死，所以也并不希望他们回转来了。只想他们要能逃走了最好，虽然这里完全没有什么根据，也没有理性上很好的解说，不过在模模糊糊里那样推想，而且她根本也就愿意向坏处想。

但是，无论如何！他们不回来，却是真的了。而这凶狂的旷野里，就只有她一个人横倒在那儿。

她一个人躺在那里，不管愿意不愿意，只有听着虐杀性的风在原野上吹过，树叶作出杀杀的嗦响。风过了，树叶的瑟瑟声也没有了，一切沉落在粗犷的虚无里去。便企望着有风再吹过，只要轻轻的吹动了一些树木也好，也仿佛如同有什么人的脚步声音在走过。但是风却不来了，热气从黏腻凝滑的带着腐臭的地皮上蒸腾起来。

她躺在那儿，对于一切，也没有悲哀，也没有愿望，只静静的躺着！

伊等待着死。

在昨天以前，她是为着旁人的痛苦和不幸在迫切着，忙碌着，焦燥着，她是为了别人。她的过去的教育，使她习惯于高善的德操，使她习于理想。她记住了许多西班牙妇女的英雄故事，她知道拿爱廷格尔的故事，她愿意做拿爱廷格尔。中国古代故事她也知道的，她喜欢聂嫈。她的知识并不多，不过她都有意的把它们安放得很合适，而且愿意按照它们所指引的去做。她觉得这是对的。

她躺在地上，天光照在她的身上，使她比平日更显得硕长。

树影照在她的脸上，也并不能增加凉爽。只不过是减少太阳光直射的刺激罢了。她的眉毛很好，脸并不太圆，而且下巴还嫌稍稍尖了些。她并不美，只是内心充实的力量，焕发的反映到两颊上，使人见了只能引起赞叹，而且对着青春年代不由自已的引起了感慨之情来。

她的父亲是南洋人，在美国学了农回国的，在芝罘开了个葡萄园，专造葡萄酒。

父亲嘲笑她的时候，就说她是从葡萄园里长大的，并且说她受的教育就是葡萄园的教育。因为在西文，葡萄园被认为是宗教虔感的象征。对于美好的事务，她的确是有着宗教的虔感的。

其实她到父亲这里来，已经是十七岁了。以前的岁月从南洋或者广州地带消磨的。父亲的葡萄田已经很可观了，而且超过了法国中级地主的葡萄田那么多。或者说父亲已经超过了园主阶级而成为资本家了。

父亲在芝罘娶了一个北平女人，在一道生活，那个女人年纪很轻，人也朴素。对于卓雅还常常的现出不好意思的样子。从小母亲就死了，所以对着这样的女人，有时也引起了可怜之情，有时也引起了对于利他主义的一种严肃的尊敬。卓雅喜欢北平人讲话的声音，听了父亲还是那种摩欧呵，摩欧呵……的口调，便愈加感觉到官话的洒脱和清丽。一想自己每天讲的也是和父亲同样的话，便天天刻苦的学习京话的发音。

中国抗战的第一声炮在上海虹口响起了之后，海外的侨胞回到祖国效忠的，非常之多。他们多半都是专门技术的。有一个造冰大王的儿子从菲律宾回到祖国的土地上来充军，因为言语不通和长官冲突起来，被关起“禁足”。别人就问：“你的家那么有钱，那么阔气！你为什么反而到本国来活受罪?”他说“too cold!”他连中国话都不会讲，只能讲英语。有一个集训的大学生问他说：“你家阔气到什么程度?”他说：“every thing is white!”那个学生想了一想说：“silver?”他鼓了鼓嘴巴耸了耸肩膀：“no，ice!”他的父亲是个有名的人工造冰厂的厂主。他不会说祖国的话。

卓雅也是从南洋来的，她不但会说祖国的言语，而且还自以为会说一口很流利的北平话。不过她的北平话，说的确实不算好，只是比广东话稍稍北平一点儿。她为人率直而天真，平生最讨厌一个人，就是她过去的一个同学。那位同学在学校里专攻莎士比亚。在嘴上翻腾的话，却永远是王尔德式的，譬如说：“凯撒只有一个美德，他不喜欢阿谀。”“懦怯比勇敢更好，因为勇敢退却的时候，懦怯却添补了它的岗。”或者说：“Wit 并不是一种艰涩的艺术，它乃是一种细腻的粗鲁。”

卓雅对于这种男人表示了澈骨的厌恶。而在卓雅出发的那时候，在车站上，许多高贵的交际的手和嘴在给她送行并祝福的时候，这位先生也去送了鲜花的，卓雅便把它令侍役拿出丢在车外。

社交的社会里传诵她的名字，并且许多理想主义的青年都在暗暗的迷恋着她，向她献送宝贵的礼物和言词，常常窥伺着机会，希望能向她描写出他们感情最细致的一面。

如今这些生活都已去得远了，大炮坚实的在地上轰隆轰隆的响着，死的羽翼已经扑近了她，而且并不觉得。现在比任何时都更安定，都更平静，她只是两颊出奇的发红，眼睛没有显得干枯，反而光闪的比平常湿润。握了一下长在身边的一棵稻草，没加思索的便哀然的把它贴在灼热的脸上一亲，随手又放开。那稻穗在梗端上轻轻的摆动了两下，簌簌的落下几粒颗粒来。她注视着它，好久好久眼光并不移去。

对于过去的生活没有什么留恋过，所以对于它们的消逝和萎落也不存留感伤。她对那些猥琐的苍白色表示厌恶，她喜好新奇的饱满的和闪着光辉的东西。

她喜欢爱而门的提琴声，苍鹰的打回旋的姿式，仿佛空气在托着它一样。贝贝罗斯打野球的样子，宝喜的表情，中国老年农夫纯朴的笑。自己又是一个打网球的能手。

这些都是她赞叹的，而且甚至私自给他们祝福过的。她没有对着青年人寄托过什么过度的感情。只是有过一次，在一个夜会里，一个年青的男人，对她口里吃吃的说："你的的确确的像一个北平人。"她听了非常欢喜，而且曾暗地里和他接了一吻。别的朋友过后都斥责那个青年绅士不会讲话。"说一个北平女人像一个广东人，她是喜悦的。说一个广东人像菲律宾人，她是喜悦的。可是你怎么说，你……唉，亏得你还说得吃吃的!"但是那位吃吃的心里明白，他说得实在是再好也没有了。

风丝丝的吹过，若有若无的吹过，一切都是沉寂的。只有草虫懒洋洋的鸣声，一切都是昏慵的，疲惫的，像溶化了的烛蜡似的，像一罐刚刚开封的熟透了的草莓子酱。

远远的大炮声轰隆轰隆的响着。不是想把这个地面炸毁，而是想把这大地很从容的震毁。

湖沼的热气起来了，这一地带的热气是很有名的，世界上有权威的军事学家，也都把这不可抗的"热"算作了战利的因素之一，而且甚至愿意推测出，这热气对于那一个士兵的体力是一种有利的生存条件。

苍蝇飞起来了，绿头的，红头的，金头的，麻布色的，紫绛色的，苍灰色的，墨绿色的，狗蝇，马蝇，牛蝇，瞎虻蝇，地蝇……蝇子成了这里最高的统治者。它们将任何什么可以覆灭的都覆灭，暴虐的战争把它们养肥了。一个受伤的同伴的尸体，上面盖满了无数的苍蝇，黑忽忽的什么都看不见了，全身如同穿了一件黑珠子缀成的长衫，这是一个可怕的惨象。

卓雅的汗一粒一粒的从额角上滚落下来，她还有一只温度表，但她已经没有力量将它放在腋下。因为这期间，按照看护的规矩是不许可放在嘴里来试的，虽然她的嘴并没有十分颤动。而且她觉得她试，又有什么用呢？她死是无疑的了。而且世界上也不会晓得她死的时候温度是一百零六度，或者是还要高些，而且顶使她疑心，在过去她也许犯过极轻微的肺病，现在是急剧的转变成为急性肺炎了。但是这却不能断定。她除了胸口感到窒塞之外，并不呛嗽，这使她无法找到诊断上的根据，而且热度这样高，看样子一定也不会少于一百〇六度的，可是她却没有谵语，也毫无失神志清明的倾向。她有时怀疑起自己也许已经失去了说话的机能，因为足足有两天两宿没有说过一句话了。但是现在已经没有人可以和她讲话，所以也无从知道。她是不愿对自己无缘无故来说话的。

为了逃避苍蝇的攻击，她很想用手轰一轰，可是这却成为不可能。她已失去了支配四肢的运用的力量，而且陷入昏迷的边沿了。

蝇蚋飞集的更多了，迷惘间，她知道苍蝇像可怕的雨似的落下来了，侵袭了这已失去了抵御的力量而尚未完全死掉的卓雅，这是可怕的。

远处的大炮嗡然的扩响着，在她的耳鼓透进。仿佛是一个喝酒过多了倒在路途上沉睡的老人的鼾声一样，苍蝇嗡隆嗡隆放出带着黄橙橙的怪异的色调的神志昏迷的巨响，在她的头顶飞来飞去。又仿佛两只带着焦胡气味的翅子，在顶上不住的震抖，沙沙的响起。或者甚至有着柔软的羽毛，一片一片的脱落下来，轻轻的打在她的脸上。

她一机灵，一身汗水湿濡的浸润了她，她痛苦的向下一滚，便趁着下坡滚落下去。朦胧里她想……若是可以行动的话，能够死在那桑园庙的香台上倒好，那里也还清洁些，也还安静……她什么也不觉得了，也不知道自己停留在那里，是否还是继续滚落下去……。

当她醒转来的时候，忽的好像是皮鞭的马刺的磕碰声，又是拖拖的重大的脚步声，一定是弄水的兄弟们回来了。她一高兴，仿佛在跳起来。她第一句脱口说出来的话，就是"我没有死，我是不会死的!"而她没有辨出是否自己已经脱口说出，只觉得太阳穴那儿一热，她复昏沉过去了。

渐渐的，似乎很远很远……

渐渐的，大概就在身旁。就有着一种繎繎縩縩的声音。而且似乎有什么冰冷的东西在触摩着她。她下意的感到羞耻和慌惑……

有着沉重的脚踏的声音走过来，接着就是一片斥责声。一个军官用着阿依呜哎的抑扬的声音，说了一些话之后，又重新发着命令，喝着士兵集合。

卓雅平静的死了，脸上现出希奇的宁静和沈郁。她是死了，死亡终于占据了她，将她最后的呼吸夺去。

敌国的军官的演说还在继续着。声音干涩的呜拉呜拉的吼鸣。他的声音似在企图说明一些什么自己认为很严重的东西。……

……皇军与耻辱不能并行，……对于敌国圣洁的为争取国家的光荣而死的，……不能加以任何侵犯，……而且应该从内心里唤起景仰，……以为效忠国家的典范……

他说完话，便率领着那些从北海道征发出来的粗鲁的农民，将穿着白色制服的卓雅尸身，小心的轻轻的安放在残缺的桑园庙上的石坪上面……

军官在命令着前边的行列向着坪台致献最后的敬意。对于敌国的圣洁的为争取国家的光荣而死的，不能加以任何的侵犯……

拙朴的农夫都垂下头来。有两个夙来都看不起女人的敌兵，便低低的骂出口来。

军官又严肃的申诉了他的意旨和节仪之后，就用刺刀去开劈牛肉罐头来进膳。

湖沼地带的晚霞是出奇的，半个天都仿佛着“极光”似的，用火红的绒团烘托在碧蓝的瀚海里，久久不退。西边的天光反射到东边，东边也就如同有一只太阳也落下去一样。东方的夕照，色调并不比西边差了那里去，还是湖沼的水云的特征。西边的地平线上有一块一亩田大的一块长青色的密云堆积起来，云的不规则的四框，有阳光透露，如同湘绣了一层银边相像。许多道的明暗的斜光都从这里射出来，就如一切的探照灯的光源，都必须从这里发出一样。光芒四射，云彩都透明起来。天则显得更远，并且在斜俯着身子询问着地面。

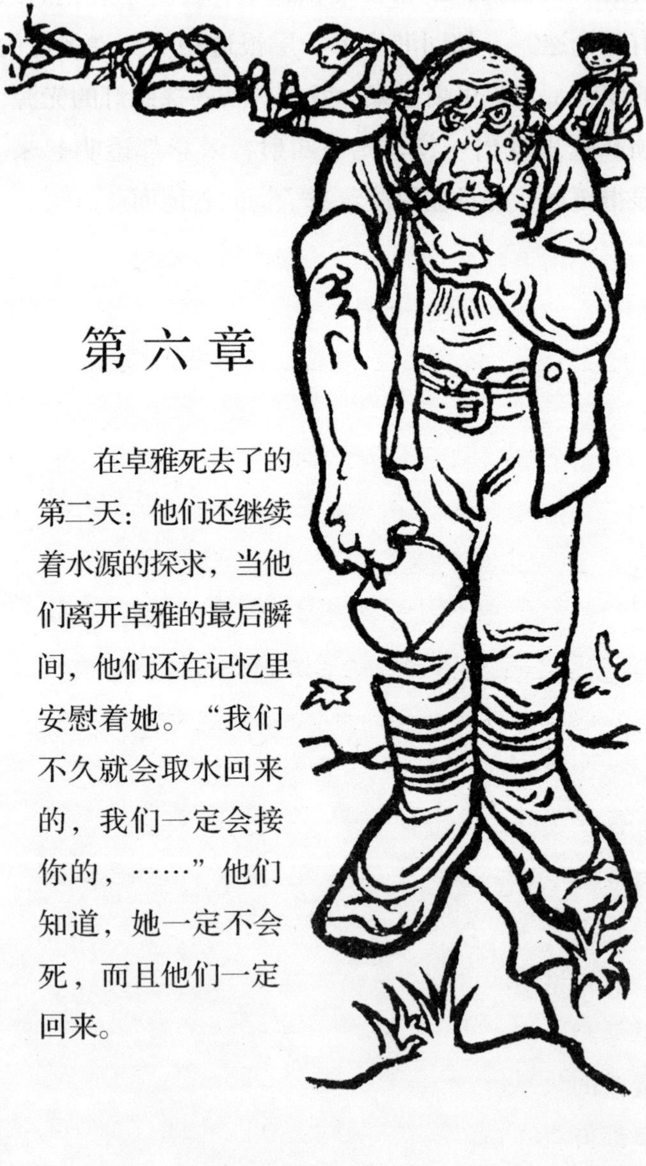

第六章

在卓雅死去了的第二天：他们还继续着水源的探求，当他们离开卓雅的最后瞬间，他们还在记忆里安慰着她。“我们不久就会取水回来的，我们一定会接你的，……”他们知道，她一定不会死，而且他们一定回来。

水是一滴都没有，泥土是干的，风吹过去，像火一样擦抹在人的脸上。大原上，远远望去，都是白云。褴褛的行列，向前疑问的衰败的行进，想得到起码的一点水，可是水的意思都没有。风想要水，土也想要水，树木也渴着。

但是水是有的，浅浅的像马脚窝似的沼池到处都是，但是很难说那是水了，里面都生满了蛆虫，腌脏而肥壮的苍蝇，就是从这儿来的。苍蝇在那上面飞起来，脚上都带着绿色的绒毛，显出粗野而专横。白花花的虻虫拖着一根灰色的蠕动的尾巴，争夺的向水窝的中间钻聚着。水的部分和潮湿的部分，眼看的减少，虻虫就显出格外的繁密。像一块一块的胶，沾了许多失落的饭粒，贴在干枯的草根的根旁。大的池塘干落了，塘泥都像龟的背骨一样的开裂着。无数的黑色的黏液的蝌蚪在那儿簇拥，而且发出磨擦的声音和啧嘴的声音，沸滚了，凝裂的土地就如烧焦了的饼，贴在那上面。

大地像火砖一块，把仅有的一丝水分都吸进去。夜晚的气候的氤氲，不能挽救这些，只要几百多个小时之内没有下雨，一切便不成了。虽然这里是时常下雨，云彩的偶然的过迟的密合，使这地带的一切都成疯狂。

从桑园庙拖下来的路，离开大江还有多少远，他们可以捉摸的只是热。

草都带着针棘，而且含着毒绿，如同都是吞食了细菌长大的。植物叶子是肥大而且困惑，繁密的枝叶显出是多余的，腐烂的肉锤样的低垂着，也像溶化了的蜡，滴流下来。都挂着一层暖馥馥的白灰。叶柄上生了黏腻的毛丝，搅错着。

肥硕的龙舌兰样的株棵，颜色是暖昧的，臃肿而且混浊。热——坚固的石块样的砸落下来，被撞碎的茎梗放出坏血似的流淌着紫色的脓浆，脓浆凝固了，成了紫色的瘤。

地裂开无数的细缝，想吸收水，水只是不来，云浓厚而低浮，但都遮不住太阳，绝没有下雨的意思。天是蓝而发赤，云贴在上面一动不动，太阳落下来，阳光里充满了棘痛。羽毛黏着在地面上，如卷起蓝烟在着火。大气里面散布着焦胡气味。土地瘦瘠而贫乏，像一条条的肺痨病患者的肋骨一样。

连每个声音都干枯了，风嘶哑的吹过，吹过这一次就无力再吹了。树叶颤抖，草虫喑哑，草虫没有歌子，土地扩大而且突出着。土壤因干枯而痉挛，仿佛肾石病里的败破的纤维质，有毒而且狞恶。一切被干渴弄坏了。一切屈服于干渴。

铁岭和李三麻子是三个月以来，就从陇海线上调到这边作战的，他们离开了桑园庙已经三天，他们在找水。

水是绝望了，他们看云，他们想看出那一块云是要下雨的样子，那一块云是包含了雨。假若碰巧有块云，偶尔黑了一点儿，他们就盼望它再黑些，只要再黑些儿，就行了，那就要成为雨云了。若是真的云彩可黑了，而且黑刁刁的翻上来，要下雨了。他们就心慌了。用什么来接雨呢？各人带的罐子只能用来暂时喝的。雨一落在地上便完了，不能捧起来喝了，那就成了毒水，腌脏的植物和病菌，都要混到水里面去，他们喝了也是死。他们用什么方法来接呢？有的打算用顶上的草帽，草帽要漏，他们就以为用黄泥巴在外面糊起来，但雨是没有的，黑云一会就化淡，顶备在晚间作成壮烈的彩霞，雨是没有的。

果实也没有，浆果，托盘，梨子，都没有。只有山丁子伸张着椏枝，结出瑰紫红的小圆粒，一颗颗都是瘪结的，既不好吃，也不好看。但是他们也采下来吃着，而且以为那里含着无限的水分。

土地和窑坑里烧过的墙壁一样，和砂的硅泥一样，和陶片一样，和铁锅里的蕉盐花生一样，一点没有润泽，早就成为离弃一切有生命的组织，早就成为脱落一切可以活动的什物。但土地仍然是一个没死的僵尸，如同还可以活转过来，因为太阳晒在那上面是灼热的，它仍然在蛊热里活动而且滚动。

李三麻子歪咧着，用下嘴唇兜住上嘴唇，然后用力的一打，发出咂咂的声音，那意思就是说“真他妈的”，但他什么都不说。

铁岭主张仍然往前走，前面他们一定会碰见湖溪或河沟的。

但是许多人都绝望了，而且创口都发了炎，他们想走也是得死。所以便懒着不动了。

但是终于还是得走，想得到万一的机会，假使碰见水呢？于是从炎热里向前走。

重伤的随走随死了，没有人来照管，也没有人掩埋。他们的罐子被别人取下，预备不久的将来可以用来装水。

昏眩，哮喘，使他们神志都已混乱，不能辨认这是什么地方，是什么方向，只是直感到的向着自己认为有水的方向跑着，死也不去躲避敌人的防线。……

他们所接触的地方都是干爽的，他们坐下来休息的地方，仿佛是最近几天才干了似的，地面上都裂起薄薄的泥片，细腻而浮滑，像粥的薄衣。但是晒干了，干得四边卷起，成了一个小盆，一片香肠，一块油炮肚，几千几万，满地都是。这干裂了的泥衣，沙漠一样摊开在人面前，脚步踏上去，它便纷纷碎落，还发出緌緌碎裂的响声。这声音虽然是细微的，但是铁岭这群人已足够恐怖。他们意识出左右都是这铅皮一样的地方的时候，他们便停下来不走了，等待死亡。

太阳照临他们，把过多的酷热一起流散出来，人们哮喘，苦恼，不能抵御。皮肤如撕扯，感到不可诉说的焦痛，流着黏液。人们彼此观望着，话已经减少。人见别人背脊上滚流下来的汗珠都想伸出舌头去舐吸。

李三麻子大声的骂着，他的臂上的淤血，早已凝住不流，只是发出难耐的奇痒，又不能用手去抓，所以他便骂，骂天骂地，骂他的同伴。

他们十几个人躺在一排没有树荫的小树丛底下，躲避着太阳，张起嘴吧，在呼呼的喘气。

这片土地原来是低湿的，过去一定长满了美丽的地衣，还有串根的芦荻，到处滋生着根株。但是，现在什么都完了，泥衣晒裂，不规律的尖角轻轻的翘起，一切都是瘦瘠而凸出的。过去的繁荣的日子里的油绿绿的地钱，地衣……都干焙了，成了一种带着花纹的土质，成了年代最浅的化石，带着毒素的青苔和集成一团的细菌，也都死了，在细泥的表面上结成了各种颜色的白霉，有的粉色，有的金黄，有的还晒了一些胭红的酒刺似的粉粒，有的滴着浓柱形的鼻涕，还有含着糖质的植物，如同玉蜀黍的杆棒丢在阴暗地方所殖生出的怪特的粉色的琉璜的腐灰一样，在草丛里一大片一大片的涂着。渐渐地都要变成土，而且就要消灭了。

暴虐的火焰吹过来，一个大的熨斗熨过去，稍稍含着一点松动的东西，都熨平下去，熨得坚实而成为一个整体。热熨溜过，发出滋滋拉拉的声音，土壤原有的脂肪煎熬着，草茎的维管束成了极细的骨腔。只有蛐虫在热里蒸熟了，和肥胖的薏仁米一样，随着热繁殖起来，苍蝇像围着一顶大锅口，落下又飞起，发出热的音响，嗡嗡，嗡嗡，大气里都回漾着共振，热在蠕动着。

“我们就要死了。”一个伤兵说，他的腿肿得很粗。“我们没想到会死在这里……我们算是丢人……”

“他妈的!”李三麻子骂着，他向铁岭解释，他们应该回去。但是没有人同意他。

“桑园庙早给敌人占了，你能回去吗？……”话说到这里，他们就咽住，不再说了，他们记起了卓雅。都希望她早一些死，都希望她在败兵没有来之前死去……他们偶然的记起来，便焦切着。但他们记起来的机会不多了，他们痛苦而且昏迷，思路整个被水的问题侵占。但他们仍然有时会记忆起她来，而且受到感动，觉得不能送水回去是一种耻辱，心里痛苦着，这些痛苦将永远不能解除了，因为他们就要死了，他们将要带到坟墓去。

他们并没有绝望，他们相信水一定离他们不远而且可以得到。但他们是受了伤的，他们的伤口已经溃烂，而且继续发炎，追赶使他们得到的只有消耗。死亡在他们算不了什么，但他们不愿意这样死。他们宁可在子弹下死一百次，但不愿这样的死一次。这已超过了忍受的问题，在他们，十分觉得这是一种耻辱。

这里不会一直旱下去的，但是，他们等不得了，三天了，他们的喘息没有停过一次，热汗随伴着脂油向下淌流。绷带早已僵硬，固定在疮口上，稍一转动便感到苦楚的磨擦。皮肤完全成了栗鼠色，手背上的筋一根一根的突起，腾腾的跳着，腿有些发抖。

口里的黏液都是苦的，每一滴唾液都是咽下着。

死亡一刻一刻的挨近了。人们反而舒闲些，都慵软的躺着，各人想念自己一些平凡的小事，有的想得入神，无意的笑了，有的便感到要发狂的痛苦，再呆一刻，就要狂了。每一感到发狂的瞬间，自己更感到可怕，而控制的力量就随时都仿佛断了弦，疯狂和歇斯底里的眩晕的鸣叫，红黄色的浓烟似的在热气里扩散着，鼻子也可以闻得出的。

李三麻子抓耳搔腮的坐得比别人都远，就如他准备看见别人要死的时候，他就预先一个人逃跑开似的。但过了一刻，他又若无其事的，歪着下巴，躺在地上，用手来堆土块，堆起来的土块，又用手掌一掌一掌去砍平。

“卓雅那姑娘，模样儿不错呀！”看别人没有理他，他眼巴巴的望着，然后想着她的遭遇，摇了摇头，眼里落下泪来。

别人都不响，有的不知道是昏过去了，是睡觉了，凡是睡着的，都被旁边的同伴所注意，有时还被别人摇着。

“你要死，可先告诉我一声，不要玩笑！”

但是还没有人死，三天来剩下来的，都是不十分容易死去的。但昏过去的事马上就发生了，而晕过三次的那一个，就永远醒不转过来了。

有人笑着说：

“这要是谁来征求敢死队可好，没有一个会落后的。”

“谁要我们活死人?”

“就说敌人那边的是水，看谁是活死人!”

李三麻子听了歪过脖子嘻嘻的笑着。“要说这子母筒里有水银，我连铅头儿都吞了它。”然后骂詈的碰着唇头，发出“特特”的响。过了一会儿，又忽自的嘻嘻的笑了，大概大家都要死去，惟有他不死。

两个伤兵淡漠的谈着。

“活着也不轻松哩……只是死的不顺心!”

“我小时候，我们打瓦玩，玩够就当兵，把竹杆背在背上。”

“我们那边要是有人‘打败子’，他把竹竿背在背上，弄下井里去，说是病就好了……。我长大了……我想起了背上背着一杆东西！我就知道不幸：这回是我想不到的，有许多事是我们想不到的，该来的就来了。……我想好好打一打，可是没等我施展，就完了……”

对面那两个伤兵深思了一会，又说：“那回欢送出征军人大会上……那个送鲜花的……我后来在慰劳队上又见过……”

“那是电影上的……”

“不是，电影上的那个叫，叫……这个叫……白，白……”

两个人又有意无意的停留下去了。

最后一个又念着：“这枪又放在那里呢……”

“………………………”

忽然铁岭跳起来，用军用铲掘着地面，土和铁锹接触，起着金属的撞碰声，铁岭身上全身是汗，他穿得很少，几乎是裸体。他的筋肉还能够运用，他是左腿伤了的，但差不多已经全好。他用铲掘着土，一下一下的，非常吃力。

别人都带着怨夷的眼光看着他。

他掘的是草根，他以为草根底下有水。但是没有水的，泥土也不特别湿，他想掘到沙底，但他失败了，他掘开下去还是土块。他完全疲倦了，一点儿力气都没有了，但手还在转动，想得到水。油汗一点一点的滴流下来，淌落在泥地上，被泥土吸进去。他发出嘘喘，两臂就成为绵软了。

他冷然的一抬头，饿兽似的，绝望的向周遭一看。他看见了那颓塌的房屋，一片荒凉，使他很想哭出来，他心头一酸，坚决的唤起了复仇的决心，要为那被损害的被灭亡的复仇——他暗暗的叹息了一句：“他们毁坏我们到什么地方了呵！”但他马上也要死了……

风沉寂的吹过……旷野上什么声音都没有，同伴的声音也没有了。几只蜂子，拖了长长的刺针，在他左右嗡嗡。他手一松，铁铲的柄，从他手上很快的滑落了……他痴立了一会，便塔似的倒下去，他昏迷了。他还竭力的想记起些什么好像应该做的，但也没等得记起来，便被热晕包围，又什么都不觉得了。

终于，他们所有的人，都沉落下去，连往日的呻吟都沉落了。死亡便扼握了一切有声带的咽喉，而一切都像一滴水珠似的，吸落进大地，什么也没有，天空上只有云霞。

到晚上，太阳栽西了，远方的水气蒸腾得太狂虐了，晚霞成了奇异的东西。好像高度的热，使什么都变成了晶体，都成了澄空的东西，透明的东西。天与地都空悬起来，动荡着。

旱热并不使云霞减少，云霞本来是含着水气的，只是在这瞬间被烘干了，成了红绒。红绒飞浮，在空气里黏贴，不动。但马上就改异成了另外一种色调，阴丹士林的蓝，小夜曲似的蓝，蓝汪汪的蓝，童话似的蓝，但蓝的转为红的了，红布一样。半透明的刚刚切出的柠檬色，完全成了透明的玻璃色。紫的颤动的云母片色的，又混合一些说不出来色调的云片，都在交互着，变换着。晚霞就在深夜也不想退去，色泽并不很快的暗淡下去。一块恶狠狠的卷积云层，笔立下来，上大下小，煤油的淡青色的浓烟，喷涌着。密密的透出奇异的层，每道层都镶了一道缎一样发光的边，发光的针和水玻璃缀成的怪特闪光的云。整个的天型都被晚霞给弄混了，找不出东方或西方，晚霞并不完全在西方的，东方的照在天空的倒影，比西方更强烈。就如西方的火焰燃点到东方，在东方扎根了一般，这湖沼的时刻不断的氤氲的气候，会酿出天空的奇瑰，天空一道红绦扯过去，火点随处散播着，而且明澄澄的照射出混同的巨光，如无数道的极光灯，都凝聚在一起，同时发出倏闪的光源来。

朦胧里，铁岭仿佛恢复了意志，他想睁开眼睛，但他睁不开，只能嘘嘘笼笼在眼毛里向外看。他什么也看不见，只是一片昏黄，整个天地都着火了，他睡在火场上。他想转动脖颈看看别的晕倒的人，都成为不可能，他尤其想看出李三麻子倒在那儿，是不是已经死去，但是仍然不可能。昏迷和热痛打击着他，而他马上就记忆起“渴”，嗓子眼睛像用带着毒素的绳子捆着似的，发紧而刺痛。火烧云从四面浓布起来，下雨的意思是没有的，他眼前火红，就如他是跳进老火山口的一份骷髅。他只有任凭火星，燥热和强烈的光，煎迫着他，煎迫着他一刻比一刻接近化石。他的被烧枯的眼，从火山口里向外看去，看着天是一幢混腾腾的天，从天上落下红色的毛片来，一层一层的覆盖在他的身上，一会儿比一会儿覆盖得厚了……他又晕过去，昏迷中，他觉得心头热涌起来，而且发出一种狂大的声音……仿佛就要爆炸了一样，他想要伸出手按住去制止。总之，他是狂乱了。他的两耳尖起了一种回荡的震动，那震动一刻比一刻的狂大起来，起着沙沙的声音。那音响里，就充满着起伏，扩张和呼煽的感觉，宛如一只呛嗽的肺叶，一个被堵塞了的虾蟆的体腔，扩张开，又马上闭合了。每一个波动，就如退潮的海水一样，把他从人类的海岸推送得愈远。

这波动就像传染病一样的向四面蔓延开去，风也波动了，而且筋疲力竭的在喘息。红布的云，也开始鼓送起来，降落又飞腾起来，他在晕眩里打转，发疯的磨盘样的转滚起来，喑哑了的胶质的唱片似的，在蠢钝的钢针磨擦之下旋转着，在粗粝的磨擦之下滚转过去，热也受了蛊惑，热在蠕动。

这比赤道圈还痛苦的热。

第七章

但是雨却下了，在死的原野上，下起雨来。

大的雨点狂落下来，先是稀疏的，零乱的，每条雨线落在地上都迸溅成铜钱大的一块浅黑色的湿渍。但接着湿渍就成为淡黄色了，仅有的一点水分，都被泥土呼收进去，地面上只剩下了天花的瘢痕似的一些儿小疤。

雨下来的更猛了，不要抵御的跌落下来，热溶了的水玻璃似的向地面上击打着，流泻着，雨就改异了一切的线条的颜色。雨在激湍中激起了波涟，赤红的大地活像一块烙铁，先前是火红色，突的跌落在水里，便收缩的放出滋滋的鸣叫声，过后地面上就变成冷铁色。

水气蒸腾的在四野里弥漫起来，草根准备从新发出白芽儿来。云烟氤氲了，鹰在飞去，向岩石里躲去。大江流过去，开始吸吞了两岸上渗落下来的混浊的黄流。

这地本来没有什么干旱，几天的燥热，不过是为了大量阴雨的前身罢了，李三麻子就知道这个，他说："火烧云，水漂人。"一定有大雨。

仿佛他还在记清这句话，所以他醒转来也最早。他把脸仰向了天，接承着由嘴角流下的水，啧啧的吮吸着，好像不是他喝水，而是水在喝他一样。他的嘴扭曲着，吐着白沫，还有血渍流出来，在不久前的大的痛苦里，他曾把舌头咬烂过。雨点可叮咚的铁线似的穿在他的肌肤上，最先穿到的是脸，这种击打是连续不断的，而且带着一种液体弹性，他就在新的骚动里扭曲着，粗而黑的头发像泡在水污里的棕色的亚麻一样，搅扰成一个一个的泥饼，里边吸收进去水滴，又滚落出来水滴。他的脸歪曲着，胡须如同棕榈树的树茸盘虬在嘴唇的四周，水滴就从这根须的梢头灌落到口里。他就像接在一颗棕榈树的树根上在吸水，渐渐的他的意识转为清晰了。他用手摸一摸地上的泥泞，他举起手来看一下，知道是真的下雨了。他又想作出那种嘻嘻的笑声来，可是没有做成，就在泥地里打滚。雨下得更凶狂了，也如干热一样，落在人身上，使皮肤作痛，雨打得也使皮肤发红了。天是黑隆隆的，雨点溅起来的雾是白的，所以他的四周都是混同的灰蒙，使他向远看什么也看不见。也许别人都死过去了，只有他一个人活转来，一种侥倖的，被拯救的欢喜绕过他的头上，他就急速的"特特"有声的，咂咽着嘴唇拼命的往里吸水，连草根和泥土都一道吸收进去。

他在晕迷的前一顷，天空红色的混泫而无边的印象还没有在他的脑子消逝去，所以他向雨雾里看去还是红澄澄的，红里还带着蔚蓝如同下的不是雨，而是方才天空所悬挂的湿溽的云片都沉落下来，带着湿溽黏腻和碎点挨近下来，压落下来——是跌碎的云塞在他的眼里口里和痒痛的毛孔里，他感到有些窒息，就又晕过去了。等他再一次的醒转过来，不知怎的却是脊背朝上了。雨下得绵密了，失去了噼拍的音响。雨有规律的在下着了。他俯着从地面仰起头来向远看看，他记起最好不让王德那小子喝着水，他想站起来，又要大声喊。"下雨咧，有命的快醒过来吧，有命的快醒过来吧!"他侧耳听听，没有别人的声音来回答他，他有点高兴——呀，就我一个人有救了，但马上就转为空虚，这大荒野地，一个人怎么能活呢？他便连忙跳起来，去看看别人死没死，他一直奔向铁岭那里去。

铁岭还没有苏醒过来，手里的水罐已经没有了，牙啃在乱泥里……他连忙把别人手中的水杯夺过来，盛满了水，扶起铁岭的头来，向他一滴一滴的灌下去，他用手抚摸着他的心窝，使他赶快的苏醒过来。

铁岭转侧了一下，哼了一声，雨下得密了，密击在他的脸上。半个身子都拖在水泥里。

“铁岭，下雨啦！”

李三麻子摇着他，催促着他。

铁岭昏迷着，眼脸颤动，他直直的开开眼来。雨打在睫毛上，他又闭起眼脸来，昏沉过去。

李三麻子喂饮着他，新的水落到肚里，他便吐出苦黄的水来，一口一口的还在喂着他，“下雨了，铁岭。”

他点点头，身子一半拖在泥水里，泥点从地面溅起来。一圈一圈的在灰色的布纹里叠落起来，铁岭的脸也涂满了细泥。李三麻子用衣袖揽着水给他细细的揩抹。正在这时候，李三麻子听到背后有人哼哼了两声，他一回头看见那个人，就用脚尖狠狠的踢了他一下。“醒醒吧！”踢了之后，并不去再打理。

铁岭全身抽缩了两下，打了个冷颤，才感觉到雨点是打在他身上。雨点好像从每个毛孔，向里边注入，他平静的吸饮着，嘴唇抖动两下，想要说话……便示意李三麻子去看看别人，用手紧紧的摸着自己的枪。

李三麻子说：“他们还挺尸呢。”

铁岭又把眼睛闭上，开始大量的喝水，李三麻子连忙匀出一只脚来，狠狠的踢着旁边躺着的那个人。

“阎王爷来放生啰，打弓的是虾，翻白的是鳖。看你那什么样子——”

那人哼了半天，迷惘的翻了个身。李三麻子便大大的唾了一口。又拿水杯来接水，他看清楚那人是王德，便从他手里把水杯抢下来，将两个杯子并排着放起，接起水来，给铁岭轮流喝。

“真是沾了好人的光，这雨也有你的份！”

他看着铁岭起来又喝水，便踏着大步去看别人去了。两只大脚，拍擦拍擦的踏在泥浆里，非常生动而且愉快。他用手摩着自己鼓涨的肚皮，还小便了一次。

他走在别人跟前，随便用脚踢着，或者向别人身上抛了一捧稀泥。他唱唱咧咧的唱着。

“阔大爷，睡着，翻身叭打嘴儿的觉呵……”

然后呼的就是一脚。

“你还是醒来罢！收魂的走啦，放生的来啦！”

于是念念有词的向前走。“第一班——向桑园庙——射击班成散兵群——随班长快跑进行。冲锋班用五十步距离随行。”

他弄了个软草棍，在别人的鼻子眼里捻着，朦胧里那人便打起喷嚏来，他看了好笑，便又去捻弄第二个人。有两个昨天发痧的，今天也都让大雨拍转过来，所以他更感到高兴，把一切的痛苦都忘了。

他猴子似跳来，找铁岭。铁岭已经坐在雨里，向四外望着。看见李三麻子来了，便问：

“那是谁!”指着旁边躺着的一个人，离他不远。

“不知道!”李三麻子，分明知道那是什么人，方才他还踢他来着。

“叫叫他!”

“喂，喂，喂。”他粗鲁的转过身来吼着。那人并没醒，方才他还哼哼了来着。李三麻子还暗藏着几分恶意的用搪瓷杯在水坑里舀起水来，向他脸上猛可的去浇。可是王德还死挺挺的躺在那儿，一动没动。他怀疑的走过来，去摇摇他。把手伸在他心口窝去摸摸，王德已经死了好半天了。

李三麻子有点着慌，他怎么死了呢？立刻感到惭愧，方才他用脚踢着他的时候，若是赶忙来救，大概还来得及吧……王德是死了，头在垂着。

“怎么样了……给他点水。”

李三麻子摇了摇头，坐在那里呆呆的，一声不响。雨还在下着，落在他的脸上，一丝一丝的。雨点已经变小了，但是更加繁密，他向雨线朦胧的看去，别的人已经有了喧叫声，向这边打着招呼。他感到有几分颓唐，失望，疲倦和恼丧立刻困惑了他，他的肚子空虚的咕噜了两下，他也饥饿了，躺下去，雨下得丝丝的，有人在喊。

“又死了五个。”

他听了就萎萎缩缩的坐得更远。

“越死得多越好，一会找到吃的，好得双份。”

“我们现在还有十几个人啦？……一路上死去二十多，妈的，偏偏是老牛破车，他偏不死。”

“……躲过这一场渴，还有一场饿，还是那个女明星有算计，她算找着好地方啦，死在桑园庙上，还有观音娘娘领魂。他妈的，我们是躲一关又一关，一寸一寸的死……”

李三麻子躲得远远的，又重新躺在泥水里去。

急雨很快的过去了，只丝丝拉拉的下着。天顿然的发亮，仿佛是早晨九点钟的晨光。远远的树叶上滴落下水滴来，地面上还泛流着水泡，慢慢的游动着，慢慢地破灭了。草摇曳的弹动着，抬起头来，水珠成串的滚落下去，换成一片崭新的绿色。远处有一只白尾巴的鸟在咖咖的叫着。好像喜欢的叫着这天气的放晴。李三麻子贪婪的把两只黑刁刁的眼睛看住了它。他想：这鸟一定很肥。鸟很快的就飞去了。原野里一片静静的。

李三麻子的耳朵，无心的接近着地面。他听着人踹着泥浆来来去去的走过，他有些心烦，猛可的抬起头来，

怒骂着:

"还他妈不弄吃的去。洋灯——直转，你妈的。"

他又把头放下，耳朵又埋在水边，这时远处传来说话的声音，宛如淘井的时候从井里发出的声音，遥远而深沉。李三麻子感到无底的空洞。他想抽一袋烟，恢复疲倦，记起了一切都已经湿漉漉的了，便使劲的愤恨的咂着嘴唇。"妈妈的。"

……到晚上，才在一家破房子底下，一家坍塌了的房子里，在地里挖出一堆发霉的稻米来。他们用桌子的腿，窗子的棂，燃了火，把它煮熟了。他们吃得很多，虽然没有饱。水也挑澄清的喝，还洗了澡。把衣服都脱光了洗，挑在火上烤着。他们都赤裸裸的，寻找可以躲避雨滴的短墙，歇起凉来，他们今夜只有仍然住在这里，有的吃饱了，像好人一样逗着问李三麻子怎样取的火。

李三麻子歪裂着嘴嘻嘻的一笑，随手抓住一只小雨蛙，放在火上烤着，不大一会他就用竹签串成了一串。

一个青年同伴问:"三把头，这地上连个蚯蚓也没有，恁的就钻出虾蟆来?"李三麻子还是嘻嘻的一笑，劈起虾蟆的大膀就咬嚼起来，连着脆骨也一道吃了。傻笑着。

雨完全住了，地面上淌流着黄澄澄的水，天还阴合着，大的雨，恐怕还要下。伤兵们，有的用水来润湿绷带，有的在泥水里擦身子，哼哼唧唧的还嗄哑的唱着小调。本来发炎的疮口，浸进了不洁的水，就肿胀起来，轻微的伤就扩大了，所以有的哼着。雨后的小虫飞起来也结成群在嗡嗡的。有的毫无聊赖的哼着“拉大片”——“望吧里瞧，望吧里观，过了一关还一关，这一关比那一关还得难，你有人命也难逃活转，保管你见老阎……哎哟，想逃活命难上难……”有的把腿拖在湿泥里，使身上感到凉爽，两个伤兵完全好了的，在地面上用草棍下着田野的棋。他们脊背上又陆续流着黏汗，灰色的小褂下都结起了白色的汗碱。

李三麻子说：“你等着吧，亮一亮，下一丈，先旱后涝……”说着又吞住，吃起青蛙的大腿来。火光照耀着，冒着滋滋的湿气，他们把小房梁连劈也不劈一下，也架起来点燃了，烤落了的虱子，落在柴火上，发出轻微的爆裂声……

“唉！可怜他们五个，熬到今天才死……也该埋埋他们才对，”年青的同伴感叹的说。

李三麻子本来正在沉思，现在冷冷的溜了他一眼，便骂着。

“就少了你个孝子，妈的……一天战场上死多少人，你都去埋？”他忿忿的，把湿了的烟，摊开来在火边！

“唉。兄弟们混和哟一场，若我们死在前头呢。”年青人正经而且忧郁，用两手攀着膝盖。

“你呀，你死不了。”

“怎么说呢?”

“早死也是点阴功呵!你还没遭够罪呢!”

“莫啦吧，老爷，这还没够!”

“这算个够!你今年多大啦?”

“十九。”

“好哅，嗯，你呀，还得撞过去两个十九岁哪。”

“几个十九都不要紧哪。只问我死啦能有人埋没有吧?”

“有人，多得很，看热闹的就有好几千，陪绑的还七八位呢!”

“别人陪绑我不要。得三把头陪我走一遭。”年青的小兄弟听他讲的不像话了。

“你瞧着吧，免不了，连放炮仗的都是我。”

“三把头。……”

“连打灵头帆的都是我的事，我打了多少个啦。你爷爷死的时候就是我打的。”

“三把头……”

“嗳，你别着急上火，小兄弟，我这人就是老没正经呵，你逼着我说话嗨……你今天不是没死吗?”李三麻子居然吸着了烟，沉着脸，一板正经的说起来:“哭丧个脸干啥么哟，得过且过，这个瘸地方，还能说出过年的来。说你死，就真死啦，年青人别迷信，我死过多少次啦。那回一到真要死啦，一到死临头上，我都害怕，不愿意咒，所以我就没有死呵。你看前天吧，我把吐沫都一口一口的咽，临到最后啦，水连一滴都没有啦，我还咽吐沫，那像你们，听风就是雨，酸面猴子似的，说话就凿真，年岁不大，一肚子五字真经，活着就是这么一回子事，谁能活，谁就是英雄。小兄弟，你看不起我，我总活在别人前头不是？不是我犯了老毛病，顺口胡说，我这人做事，就是，能做到，利己，我没有不赞成的。你埋了他们，咱们能多吃几块肉，多喝两杯酒，我李三麻子举双手，赞成。再不然，损人，利己，比如抢人，我也干，我人是老粗，从小惯啦，喜欢这一手。就是既不利己又不利人这一门，我看不惯，他妈的，你说可也怪啦，我天生成，就看不起这一道。你看像小日本，就是既不利己又不利人呀！小兄弟，跟我学没错，不作无益之事，不作无味之事。吊儿郎当惯了，拘束不来，听我说三说四。我这人，没个谱。李三麻子就是李三麻子。你埋了他，这热天，你出了一身臭汗，有什么意思，你不过想着你死了好有人埋你，你收心我是不会埋你的……”

有人喊：“三把头，来睡觉来吧！明天还说不上走多远哪……”

李三麻子磕烟袋里的烟灰，随手在地上拾了竹签，一寸一寸的折着。

“不是我说话不受听，早晚你就知道我说的对，像咱们哥们这样人，能做些个啥么哟，想的好不成，得做得好，谁不想做点大家都沾光的，将来青史上也列列名姓。可是我们能做啥么哟，眼高手低有啥用，所以你不是看我不起么，将来也走这条路……老弟睡觉去吧，你别听我胡诌八咧……”

他站起身来，也没有选择什么地方，只是离得火远一点，他便像个害病的虾米似的，蜷屈起来，躺下了。他的眼前还有一粒红火，一闪一闪的发亮，不大一会就听见他往石头上磕着烟袋的拍拍的声音……有人在梦里说着梦话，发出大声的哼叫，痉挛性的喊着。

夜是深了，雨也住了，风有意无意的刮着，虾蟆叫起来了，好像每个角落都发出水泡破裂的碎响。树叶变得柔媚了，静的摇着，天上也没有星，也看不出那一片是云。旷野缩小了，黑暗朦胧，又扩张了，好像没有边际。时间一刻一刻的沉落下去，生物的声音一点也没有，车走过的声音也没有，一切都是静悄悄的，没有联络，也失去了拯救。他们几个人的呼吸，就如空悬在荒山里的几片颤抖的树叶……他们呻吟着，沉睡着，做着噩梦。远远的有鸟飞着了，成群的喳喳的飞过去。一切又转为平静，而且还有狗的叫声了，第一声他们没有听见。第二声有人听见了。把大家都叫醒，“喂喂，你听，你听！”

李三麻子半睡半醒的，在梦里骂。“妈的，活见鬼，金钏儿掉在井里，有你的只是有你的，穷喊。狗咬啦当啥个事体啦，上回我们听见羊叫，算是什么来着，什么人逃命，还管得及看家狗……”有人便竖起耳朵来听取后来的狗叫声，伤没好的，更其焦急，也回骂着。“那比得你，妈的，伤早封口了……”热心的听清狗声传来的方向。人们讨论起来，推断村子离这儿有好多远，到村子时怎样吃，怎样喝，有的还要买一贴止痛膏药，有的还说：“明天我要点名的时候，你可答应得快一点呵，这一宿觉说不定又睡过去几个。”“你放心罢，变了鬼，我也答应你三声。”李三麻子一直睡着觉，第二天他起来最早，一个人寂寞的坐在一棵小树底下喝喝咧咧的唱着。

天亮了，他们喝足了水，便趁着早凉走路。仅有的几杆枪，都背负起，按着体力分配着，铁岭背着两杆，有一杆是王德的。

过了这个地边景象便不同了，野花都开得黄糊糊的，土壤都是湿润的。大概也没有干旱过，也没有落过瓢泼大雨。人家是没有，房子统统倒塌，窗门都没有了，连茅草也没有，鸟雀随意的叫着，草丛里蟋蟀跳跃着，在翅膀上磨擦着它的腿。野娥鸽飞着，唧铃铃的哨着。疲困的行列，从这上面踏过去，汗又流了。随处把嘴接触在泥坑里来饮水，摘取青嫩的植物，可以吃的便放在嘴里咀嚼。他们十几个人，就像一群饿瘦了的马似的，弓起背脊，一步一步的，从遥远里走向遥远。远远的村子像一条线似的，还像一道灰色的网，在青绿的树影下覆盖着，他们在正午时分，又到达了一个村庄。正如他们所企求的，狗望着他们吠着，狗追逐着他们，在他们后边叫着，跳着，搅作一团。小孩子们也怯生生的围在后边看热闹，还飞跑到家里去告诉大人。

他们一声也不响的垂着头走着，也不想马上停下来，跟随着他们身后看热闹的人，只是揣测着，批评着，也陌生的想不起和他们讲起话来，仿佛彼此都没有这分儿责任。

他们乞丐似的注视着每家的门槛，幻想着，描摹着人家生活的情形，他们能够看清楚，那一家房檐底下挂了一个缺嘴的葫芦，那一家还悬了一点一点风干的腊肉，他们一拐一拐的向前走着。

这个村子，非常之小，现在正闹着盂兰盆会，所以人们都站到街上来——抱着孩子的妈妈，拐着拐杖的白了头发的老太婆，束着蓝花麻布围裙的新娶来的媳妇子。新媳妇头上带着一朵不十分新鲜的粉红色的花，还羞羞答答的站在脚门的里边，假若有讨厌的人向他看了一眼，她把头从脚门急迅抽了回去，但这只是一秒钟工夫，在下一秒钟，她就照样的又东看看，西望望。人们拥着拥着，牵着孩子的，背着篮子的，担着桃子的，连猪都夹在人缝里哽哽的叫着，鸡也飞着，从东家的墙上飞到了西家。只有鸭子仍旧自自然然的游在村子旁边的池塘里，池塘里的水终年是绿的。尖巧的低得弯弯的竹子尖梢，许多条弓背张在水溪上边的竹篁的顶头上。风来时也会刷拉刷拉的阵响，平日风大时，这响声可以传到全村子，但是现在不行了，人们都向小龙王庙上进行。庙上有和尚在吹着乐器，哨呐声，铛铛声，笛子和箫也搅在一起，尤其听得远的，刺激着人的感情的则是茄管在叫啸，这声音有着初民的心境，它带着一种纯朴的凄凉。而小龙王庙就成了这村子里的临时主宰，所以这小村子，翻覆了，被揭穿了，相同一个破破乱乱的装得并不怎样饱满的破布袋，一旦倒翻了，所有的，有用的，无用的，都流了出来。赶向盂兰盆会的都向前走着，停在门口看热闹的，都彼此询问着，报告着。什么变异也没有，这小村子绝缘体似的，和任何什么地方都是特异而且孤立，它没有改变从来的颜色，浅灰而带点自足的繁华，闲散的而且平静无事。这个小村子将成为铁岭三月以来所仅见的正常的人类了，他几乎有几分忘却，忘记人类还有这么一种活动。上庙烧香的仍然踏着一种虔诚的脚步，卖香火的小姑娘仍然是毫不寂寞的扎着水红的辫绳，买香的争着想少给几个钱，买完了临抬脚时，还转过身来多讨了一根小蜡烛。在这小村庄上，什么空气的流动都没接触过，什么都和往常一样，一切季节还照着先年流传的往下排，所以盂兰盆会照样还要放河灯的，不管放的怎样少。七月十五日是个鬼节，在当地的传说上说每个鬼捉了个灯就可以重作一回人。烧香的一进门就一路念着“往生咒”，念不了全套的就念半套，或者记得三五句的就背三五句。

或者念着白衣观音大士灵感神咒：“南无大慈大悲救苦救难广大灵感白衣观世音菩萨，南无大慈大悲救苦救难广大灵感白衣观世音菩萨，南无大慈大悲救苦救难广大灵感白衣观世音菩萨。南无佛，南无法，南无僧，南无救苦救难观世音菩萨。怛只哆，唵，伽啰伐哆，伽啰伐哆，咖阿伐哆，啰咖伐哆，啰咖伐哆，婆婆诃。天罗神，地罗神，人离难，难离身，一切灾殃化为尘。”……但会这个的只有几个有修炼的年老婆婆。庙门口的两边列着噪噪杂杂的两行人，他们买东西的时候，简直和吵架一样，完全像是在赶集，并没有大的城镇那种幽闲，那样把几个小钱不看在眼里的样子。所以在卖油炸饼的油锅旁边，一个老头为着一个稍微比起别的油炸饼子小了一点的，也争吵了半天，说：“去年的怎样了，去年的油炸饼子这样子大，今年这是什么年头。”这老头的孙儿差不多已经在油炸饼上咬了一口，老头命令着让他放下，说：“挑一个大些的呀！傻孩子，掉换哪。”于是老头子打了他的孙儿，就打在头上。老头赌着气把花了钱的饼子从孙儿的手里抢着丢在油锅里。那油锅一边冒着滋滋的小泡，孙儿子一边哭着一边走，老头走上了庙台仍在骂着，也忘了忌口。庙门两边排着红的绿的非常好看的摊子，做糯米人的，把已经做好的插悬起来，红衣裳的，绿裤子的。还随意捏了些黄瓜茄子之类，但都捏得很像，绿的绿，紫的紫，也有葫芦，还有猴子，总之是滴溜嘟噜的一大串。别的小生意也是一样热闹，卖东西的人喊着。买东西的人讲价钱。女人买了一个弯背的上面刻着竹节的小木梳。买了一个走了，又转身来买第二个。站在大堆的花带子前边，也有女人在那里争吵着尺寸，女人说："多宽出一点来吧，我家孩子多，用处多，一年买得够一年用的。去年庙会我买了三丈，人家是宽出二尺多呢！多宽出一点……外婆，你看是不是够了？锁子的裤腰带，铃儿的裤腰带，小扁头的裤腰带……"那女人一回身问着一个老太婆，几乎把全家的名字都念了一遍。她们这儿没有战争。还没有等她念完，那卖花带子的就用小剪刀把带子剪下来了。她又在别的一些颜色里翻了一会才走去。大概她是挨着排，一处摊子没有落下的每个都观摩过了才进庙。卖碗的在她身边一举："买个大红花碗！"

她走过去了，她生活在她祖先留给她的那块小地皮上，一天没有离过，虽然她也听说战争也许会来到她家的门口，但她以为那都是谣传。这里也过着一两架飞机，从头顶上，从房顶上，从很高很高的地方飞过了两次。伤兵，他们这村子还没见过，逃难的也从没有逃到他们这村子来的。宣传抗战的学生们到来过几次，宣传队过两天也就走了，在满街的墙上写了些方方的大字。这些白的镶着红边的大字，他们都不知那字的意思，却把它当做壁画来看。

他们从不计算有什么陌生人会到来。一切和往年一样，讨钱的乞丐，跪在庙门前行人必得经过的地方，闭着眼睛，嘴里边念着一套小歌，央求着有钱的给他一点钱，可怜可怜残废人。他念叨的正和平日他在村子里念的一样，所有上庙的人，通通都认识他，他随口就喊着张大爷，李大叔的去单个的求索，那些给他钱的人也都说：“给他两百钱吧，那瘟老李。”

这小村子只有二三十家，所以在庙会上，彼此都可以说话，除了东邻就是西舍，除了姑姑就是姨。这小村子宛如一个大家庭似的，从来不曾多过什么东西，东家的一只鸡，西家也认识，姓王的丢了鸭子，而姓李的从村子边上把那只鸭子拖着给送回姓王的去了。正在找鸭子时，也许有人说：“我刚才还看着来的，不就是那只花脖子的老鸭子吗？一跌一跌的往东走了。”

这村子完全是个大家庭，若有一个生人走进村口来，他们就通通晓得了，挨着家在讨论。这生人是谁家的新姑爷，戴的什么帽子，穿的什么衣裳，而晚饭的时候，他的岳母给他弄了什么好吃的，杀一只鸡，或者是宰一只鸭，都能预先揣摩到。等第二天那家外来的亲戚一走，若去看一看那家的公鸡总是少了一只的。他们这村子，永远过着平安的日子。没有看过伤兵，也没有看过出发的兵，因为他们这村子太小了，小得好像不被人记忆了。庙会上从别的村子来的卖油炸饼子的，看一看太阳不太高了，在收拾着锅灶，准备担着走的样子。卖椒盐散子的，在平底的浅筐里，只有四五只散子存在着。唱木偶戏的还正在唱得热闹，唱的是不知道什么戏，但是这段戏，人们都不喜欢看，所以那搬动木偶的人，从黑布帘子攒出来，向大家说他把那只大老虎仍旧拿出来。大老虎人们看过好几遍了，但仍旧愿意看。大老虎并没有什么节目，只是那个被老虎咬住的人曳着嗓子叫的。“大老虎哇，大老虎哇，……”那叫声听来完全不是出于人的喉咙，都是怪叫。这样一来，围着看的孩子们都满意了，连大人们也一齐满意了，停住不走了。那耍木偶戏的就更得意了。故意使老虎咬住那人头不放开，故意使老虎嘴含着人头在木偶戏台里跑了好几圈。这样一喊，那个被咬住的人叫得就更没有完了，人头愈被吞在虎嘴里，叫声就越响。看戏的都认为满意了。

铁岭他们一群人，走进小龙王庙时，正赶上那被吃的人在叫，正叫得最响……

这小村子是平静的，温暖的，一切都照着已往的规律在生活，每一件东西都保持着它自己的天地，村子边上的竹子，那竹尖幽闲的偶尔颤动了一两下，尖尖的灵利的竹叶也有时发出响声来。青蛙就在太阳里边也有时发出一种奇特的鸣声，若不细听就和公鸭子在扑着水响叫一样。溪塘是黑沉沉的，闻着多少有点腐酵的气味，都是凉爽的，轻松的，有着用手去触了冰凉的水珠一样的感觉。而整个的小村子就都浴在清香里边了。每个人接触的都是安安顿顿的生活，这小村子好像一个小河湾，岔在大河的旁边，那里既没有风，也没有波浪。平静静的人们过着生活。庙会和过年过节是他们唯一奢华的日子。卖假面的，卖甘蔗的，卖椒盐散子的，卖风车的，卖麻花的，卖豆腐脑的，卖凉粉的，卖扫帚的，卖木盆的，卖碗的，……都和往常一样的叫卖，一样的卖完想走了。

但是这时来了伤兵群，这是他们从来所没见过的，在村边上老早就有孩子们跟踪着他们了，有的人陌生的望着他们，以为他们也许穿过这里到别处去。从许多不整齐的传说上臆度着他们是伤兵，但还不能十分确定，又像一群外方的乞丐群，承着过去对兵士们一向的恐惧和疏远，当地人迟疑的看着他们，用一种淡漠的眼光，还含着几分好奇的询问，依随的跟着他们看过去，并不打算他们会停顿下来。他们走到小龙王庙跟前，本来想撑着再走几步，但不能再走了，疲惫的坐下来，有的就死拖拖的躺在墙根的下面。老百姓们游移的走过来，又避开去，李三麻子耐不住了。“我们是前线退下来的，没听见吗?”他大吼了一声。

周遭的人有点轻微的震吓，他们是惯于处于被动的，所以他们的善意的亲爱也是在被动的时候才发挥出。

便兜着来问：“要水喝吗?”还有几分怯生生的。

李三麻子气狠狠的一句也不响。有一个年青的伙夫跟旁边的人答讪的说话。那人问他要饭吃吗?他还谦虚的说：“不，不能动老百姓一草一木，我们军人是抗日的。不吃饭。”李三麻子愤恨的兜着嘴唇，歪裂大嘴，从牙缝里挤出，“妈个屄!”那年青的小伙子显然没听见他的诅咒，或者是不介意，仍然急口分辩着：“我们打仗是应该的，这是军人的天职。”和他说话的那个人也急口的：“不成，你别以为我们村子小，我们也要招待，正赶上我们今天有个会，我们给诸位弄饭吃。”于是围着的人更多了，好像他们这几个人就成了龙王庙的中心，受了这些逛庙的人们的注意和惊讶。水很快的就送来了，挑水的夫子担着两桶大木桶，冒着热汗走过来，龇着黄板牙，笑着。“我们都知道，前几天学生们来宣传两次啦，诸位是抗日英雄，我们有钱的出钱，有力的出力，他不让我挑，我硬要挑，……喝摆，水是开的。方才跟你们说话的那就是我们的村长呵，他给你们招呼饭去啦。我瞒着你们进来，我就送水来了。”

这时候铁岭正和那个人谈着，那人就是村长，他在一口不停的吸着旱烟，年纪有四十多岁，完全是个农民的样子。

他说："我们这里就来过两次飞机，不知是我们自己的还是日本人的，听说壮丁要抽，可是还没派下来！洋学生们来过了两次。说的还算对，我们这里没有打过来，全凭诸位。吃点是应该的，没有好的，大家包涵。诸位今天晚上住在这里吧?"

"大概要住的，……他们都受伤了。"

"我们这儿就是没有郎中，离八十里地的张村才有，我们去给你们接了来。"

"不用，不用。明天早起就开拔啦，我们就借在这庙里睡一宿。"

"重伤的住在人家里吧，他们见不得风。"

"没有重伤的，重伤的下不来啦。他们都是轻伤的。"

村长慎重的和他们攀谈着。饭马上送来了，人们几乎是把脑袋插到饭盆里去吃，他们连最后的一口饭也都吃了。肠胃刚刚接受了新的充实，微微的蠕动着还带着丝丝的搅痛。没有散去的赶香的人，和留下的小贩，都围过来看顾他们，和他们讲话。孩子们在坐得远远的向这边溜着，或者互相指点的嘻笑着，并且装着当兵抓日本的游戏，在庙前边闹。李三麻子吐出一口长气来，嘻嘻的笑了两声，嘴巴的筋肉向上牵动着，便生气蓬勃了，他在盆边上检着饭粒，一颗一颗的向口里塞，对着来收拾碗筷的说：

“这是老百姓的血汗，我们吃一下也不容易，所以都得吃光。”

“那里，诸位吃了，我们喜欢。”

“所以明天还得吃一顿。”

“老总在战场上吃呀啥？”

“嘻，你问那个战场呢？”李三麻子显出几分狡猾的样子，得意起来了。

“战场还有几个吗？”

“嘿？西战场，山西，太原，临汾。陇海线，徐州。南战场，广东，东西。东战场就是咱们这个龙王庙。”

“老总都去过啦！”

“那自然，日本小鬼到那儿，我到那儿。”

“你们吃啥呀？”

“好啦，在西战场有阿根廷的罐头，盒子肉用刺刀劈开就吃，谁高兴开！”

夫子听了楞了一下，不懂他说些什么，又问：“你们前天呢？”

“前天哪，前天，前天吃得更好啦。东洋的烧素鸡。”那个人问：“什么叫烧素鸡？”

“就是火锅炀活肉吃。”

“战场有火锅？”

“没火锅，我上战场干啥么哟！”

“……?”

“岂止火锅，比火锅还热呢?你若去不用烫，烤着就吃啦。他妈妈，差一点没有晒化了!”

夫子把碗放在竹箕里边:“你尽说笑话!”

“说笑话，若不然我们吃啥么哟，要水，水没有，要饭，饭没有。”

“尽吃肉?”对方问。

“除了肉还有啥么?那回都是人碰人，肉碰肉，真枪真刀，一出一入。”

“你怕飞机不怕?”夫子又问。

“不怕，那是毛子的邪门歪道，怕他作甚!”

“那——飞机要下弹呢?”

“吃蛋炒饭哪!”

那年青的夫子，又呲着黄板牙，向他呆呆的笑。

“你叫啥名字?老弟!”

“我叫魏发财。”

“嘿，好名字。”李三麻子竖起大拇指。“看样子，你还未发财。来好哇。”

“你等等我，我还要送水来。”魏发财听了嘻嘻的笑了，挑着碗筷走了。

铁岭刚和村长谈完话，便过来和李三麻子商量。铁岭狡猾的挤着眼。“三把头，咱们不能马虎啦，我们要往大冶赶，才能找着队伍。他说了半天，我也没明白，我们要再走错路，吃不了就得兜着走啦。过这个村，没这个店了!”他把眼睛看住了李三麻子，精神非常的痴滞。

“你的意思呢?”

“我们得弄几个领路的，……”

“我们裹进来几个吧!”

“恐怕人家不干。”

“………………”李三麻子低着头用手指在上画。

“我来试试看。”铁岭说着转过去。

李三麻子看着他，不知为什么忽然的，又“特特”的笑了起来，还拿手搓着胡须塞进嘴里，用吐沫咬着。回过头来对另外一个同伴说：“嘻嘻……他又来他那一套啦!跑这儿改编土匪来啦……”说完了还匿笑，好像又猛可的想起什么可笑的事儿来。

铁岭把一口吐沫，吐在掌心里，然后两手摇着。

“诸位父老们，我们也吃了，也喝了。我们要永远把诸位放在心里，我们为你们打仗，也是为了我们自个。我们要不把日本赶出中国，我们自己也该化作飞灰。人都不愿意死，所以我们才把敌人打死。也许我们随着敌人死了，但是敌人总算没有了。我们只死这一回，要不然我们得死很多回，……这回我们在前方打了三个月，我受了九回伤，我这胳膀现在已经好啦，对对付付还可以打死日本鬼，……诸位父老，我们并不是闹着玩的，实在是日本人不让我们活下了，像夏天的蚊虫似的，死叮住我们，看见了蚊虫，你放回去，回头还叮你，把你的血变成他的，……害人的蚊虫，杀光他，生死簿子上都写着的，阎王爷不能见怪，……我们的同志，他们从前都是庄稼汉出身，他们连杀一个蚂蚁都忍不得，……但是也要杀人了，我们要做好人，他们便来毁坏我们，这是我们的不是吗？父老兄弟们，为子孙想一想，为你们的牛羊想一想，你们的地，你们的土，你们自己手做起来的房子，父老兄弟们，我们的小孩子，我们的年老的爹娘，……我们再不救他们，他们就被敌人毁坏了，像毁坏一条小鸡子一样，连血都找不着，……老年人，青年人，想一想，和我们一道打日本去，要不然，就要遭殃，你们黑夜里作的害怕的梦都要在白天看见了，而你们没有大天白日了，只有在暗地里过日子，……父老兄弟们，去，去，和我们一道去干，把日本赶跑，大家过太平日子，有血性的站起来，不要观望，作事要作第一个，站出来，……”

可是没有一个肯站出来。

围着的人都张着嘴瞪着眼看着他们，铁岭心里卜卜的跳，不知道怎样好，因为他话虽然说得那么中听，而实在的意思，乃是要裹几个人走了。而且他不知道这计划能成功不成功，而且是不是犯罪，他也不能确定，因为村里人谁都不肯背井离乡，而他们裹了的人就得像囚犯一样跟着他们一齐走。而且他们裹人家走，是自己私自干的，并没有受到上峰的命令。所以铁岭的汗立刻透过了他的布衫。

李三麻子看见铁岭说完了，连忙裂开了大嘴，嘻嘻的嘻笑了老半天，才喘出一口气来，咽到嘴里，又连忙嗯哧嗯哧的接下去："现在不是打自己了，那时，好比哥儿俩过不好，大哥说老弟混帐东西，老弟说哥哥混帐王八蛋，现在外边有土匪打他们哥儿俩来了，哥儿俩顾不得打私架，连忙都枪口向外向，——"他吃力的挠了又黑又长的头发，楞在那儿好像……忘记了，他突然的转过身来，向着伤兵的一群。"大家正在兴头上，起来，唱个歌给他们听。"完了他嘻嘻的歪着脸对大家笑着。"你听，他们唱的比我说的还清楚。"

一个伤兵拍拍自己身上的尘土，翻了个身。"啥子唱歌呵？"

"来，来，唱一个。"李三麻子红着脸，……困惑的喘着气，伤兵群还都懒得动，暗地里骂他。

"没听得见吗？都站起来。"铁岭忽然也粗暴起来，第一次命令起他们。"站起来，唱歌子！"

伤兵们都歪歪裂裂的，拍着身上的尘土，互相的紧鼻子瞪眼，做着怪脸。

"唱，老乡上战场！"

狗哭鬼号的他们就叫起来了。

带足了子弹干粮，
赶快上战场，
嘿……
日本鬼子到处杀人抢掠，
多少城池都被他们烧光，
要活命，莫彷徨，
老乡们，要求解放，
赶快上战场，
嘿……

李三麻子唱了不一会的工夫就闭住嘴，等到“嘿”的时候，随着大家拼命的嘿了一声，声音比别人都高，把他旁边的人都吓了一大跳，也连忙的嘿得再高起来，将他压伏下去。

小孩子们最喜欢听唱歌，要求“再来一个嘛！”

大人还说：“怎的学生的玩意儿，你们也会？”

“咱们是不分工农兵学商，大家一齐来救亡，所以老乡要活命的，就得跟了我们一齐上战场。”铁岭趁着这个工夫又在演说：“我们也都是务农为业，村庄人家。我也是正种着田呢，日本兵来啦，像赶鸭似的把我们赶跑啦，你不想下水的也得下水，想下水的也得下水，结果我们只能够拿起子弹刀枪，我们要拼，就跟那个东洋鬼子拼。”

“老乡们！你看我们那十九岁的小弟兄，他一个人就打了十个敌人，……方才你们村长不是跟我说，这个地方终归也免不了。你们还是早打主意吧，年青力大的跟我们走，你们可不要看错了呵，我们也不是拉夫子，我们不能强压，是奉劝大家。我是个东北人，你们看见过东北人吗？我就是。日本鬼子最先打到我们家门上，我从关外逃出来，我做什么不好，两块钱做个小买卖，我不能活吗？我胳臂粗，力气大，给人作工，我不也能活吗？我若借在你们这个小庙里给推碾子拉磨，我不也能活吗？就我当一名叫化子吧，我不也能活吗？我走了几千里几万里啦，我听过多少聪明人讲话，作过大堆大堆的傻事，我明白啦。老乡们，我明白啦。要活命的只有上战场，我们不分男女老幼，贫富贵贱，都得为了国家。”

“跟我们在桑园庙，有一个女学生，人家家财百万，穿一身白的，连个泥星都没有，人家跟我们这些穷棒子一块滚，给我们换药，……给我们换药，给我们送水。你想想，人家一点都不嫌弃。你想想，人家平常穿的绫罗绸缎，住的高楼大厦，坐的嘟嘟嘟汽车，人家上战场来干啥劲，我不是胡说吧，你问问他们，弟兄们现在这个伤口上的绷带还是她给捆的。老乡们，都是为了国家。”

“从前这个道理我也不明白，从前我在北平的时候，那时候学生们，要求国家抗日本。人家让我打学生，我那时在二十九路军。奉到命令，我就打。打一个学生直咧嘴，我问他：‘你还抗他妈的日本不抗日本啦?’从那儿我明白了。现在我不也抗起来啦么?那时我比你们还糊涂，混球一个，什么国家啦，我不知道，我寻思反正一个人干活，一个人吃饭吧。可是真不行呵！那是我想天塌啦，自有长人来顶，后来我才明白，长人顶不住了，得大家顶，老乡们，收拾收拾，有主意的跟着我们走吧。”

“我在前方的时候，那老百姓真好，让他怎么的，他就怎么的，老百姓跟军队配合一起，军就是民，民就是军，军民合作，军民一体，军不扰民，民不嫌军，真是大家一团和气。打的日本望烟跑，老乡们，脑子得活动活动，往远想想，跟我们走，没亏吃，我是劝你们去活呀，不是劝你们死呀，你可要明白……别好话往坏处听!”

又是李三麻子站起来：“你们不跑可不得了呵，不出三天，我们得了密令，桑园庙的日本兵就要往这儿开拉，这儿不是叫……”另一个伤兵扯着衣裳角，偷着告诉他：“叫龙王庙。”“日本兵要从桑园庙打到龙王庙，他们吃桑叶子吃腻了，要见见龙王，不出三天，你们不搬家，脑袋可要替你们搬家呀。我李三麻子是一片忠心耿耿，为的是你们着想，你们可别打错了主意……有去的吗，站过来！”李三麻子尖狠的眼光向着群众们一扫。

群众嗉嗉的互相望着，有的还切切私语。铁岭焦燥的考查每个人的脸庞……他不能发现什么。

“你们都是石头吗？”李三麻子骂起来，吐沫星子喷落在旁边人的一脸。他把食指放在口里，狠狠的一咬，然后抽出来向东指着。“那边有十万日本大兵，今天晚上就可以发到，杀的你们鸡犬不留。木头，你们这群木头，只好劈着烧火。连木头你们都不如，老母猪带泡卵子，死猪肉！”

铁岭一看太不像话，便过来扯他，很温和的向大家解释。四围的村人们，有的偷着溜走了，有的慌张起来，“回家收拾收拾东西。”“我们该逃难了吧？”“你别听他们说，当兵的没好人。”“是，听说战事打得紧。”“那年青的说的是有道理，我们拿锄把的怎能拿枪呢？”一个孩子说：“爹，爹，妈找你回家呢！”群众有些纷乱了。

“你们想想，你们待我们这么好，我们能给你们亏吃吗？我们又不是人贩子，我们拐走了你们，也卖不了一吊二百五十钱，大家不要慌神，慌神没有用场，跟我们打仗去，保家乡，保住了家乡有风光！”

魏发财光着脚，担着两桶水，呼煽呼煽的跑来了，他元气盛旺的，把两桶水向地下一放，便喊着：

“卖碗的，借几个碗用用，大家的事。”

卖碗的送过红花碗来，啮着牙。

“老总们可苦了我啦，你们这一来，他们没心过日子，连碗都不买我的了，我压住了老本，拔不出泥土来，在那儿就天下乱啦，连饭碗也顾不得?”

铁岭正在斟水。

“那你投奔我们不正好吗?”铁岭和气的问着他。

“我的碗还没有卖呢?”

“你不说卖不了啦吗?”

“卖不了也得卖呀!”

“扯你娘的骚!”李三麻子，直起了脖子，攫起了一只大碗，“日本人来，卖你妈——”他又杀住，呼鲁呼鲁的喝水，然后又嘶哑着嗓子，“葫芦头子戴铁帽子，你个铁攀不倒……现在国家万分危急了，是男儿汉就得当兵，唯有男儿志气高，身临战场逞英豪，你懂得啥么呀!”他蔑弃的卑视了周围的人一眼。“长拖拖的汉子，卖饭碗，一辈子没饭吃，好些儿的跟我来，战场上亮亮，紧三刀，缓三刀，粗粉细粉露两手。”没人理他，他又无聊的用下嘴唇包着上嘴唇，捲出“特特”的声音来:“你妈的。”

担水的夫子，嗫嚅的走过来，伏下腰，对他说:

“我要跟你们去成不成?”

“呀！好小子。”李三麻子把水一泼，跳起来，粗大的手掌，拍的一声，就拍在魏发财的肩膀上，“好兄弟，他妈的，做个榜样给他们瞧瞧，跟我李三麻子走，没有受苦的，我写包票。”他转向了大家，指着那傻笑的夫子，像个马戏团的班主任似的。“你看看人家，看看你们，跟他学，有这样的小伙子，中国怎么会亡。”

铁岭也过来，拉着魏发财的手，说他好，还赞美了他的体格，年青的夫子有着新娘似的几分陌生的羞涩，傻里傻气的只是笑，孩子们望着他，躲得稍稍远了一点。

伤兵们立刻包围了他，和他问长问短，就好像马上要把一切战争的智识都灌输给他，把一切战争的场景，都描写给他看。像水流激动着一个泡沫，顷刻之间，他们就溶洽在一起了。魏发财说到前次学生们来宣传，我就听懂了，学生们说自动去当兵，最光荣。不比从前，从前是内战，是不对的，谁当兵谁就是混帐。可是现在，打日本鬼子，抢夺我们的土地的大敌人。

忽然的一个老太婆，举着一柄掏灰耙跑过来，赶着魏发财便骂：“你这狗小子，上次那学生仔来宣的什么传，你就心活……我打死你。”

魏发财低声对伤兵们说：“那是我娘。”拔起脚来便跑，老太婆随着就追下去。魏发财从庙头跑转回来，老太婆赶着，边骂着，头发都散开了。小孩子们在后面唧唧喳喳的看热闹，一条脱了毛的大黄狗，也随着他们跳着，跑着，吠着。

魏发财气喘喘的辩明着：“你追吧，你早晚要把我追跑了。”

老太婆举起掏火耙：“我打死你，看你跑到那里？”

那年青的夫子，想往伤兵里跑，没提防，一拐弯碰倒了卖碗的碗挑子，嘭的一声，魏发财踏碎了一只滚落在脚底板下的花碗，拐向着村前跑走了。老太婆也挥舞着手中的武器，随着赶下去。

卖碗的跳起来，来拾取没有打碎的碗，一边着急的喊：“老太婆，你走不脱，你打破了我的碗……”小孩子们，一群小鸡雏似的，旋风似的围过来，拾起带花的碎碗嚓。

李三麻子急的直顿脚，揶揄的说：“没有见过这样的母亲。”然后大大的向地下吐口沫，用脚跺着，搭讪着对卖碗的说：“你说这样的母亲糊涂不糊涂？”卖碗的所答非所问的，“这年头没法过啦，一落碗打到底。”

“我看你呀，……”李三麻子的声音。

“压住老本，翻不了身。”卖碗的低着头在拾碗，一片一片的笨拙的往筐里拾，他嘟哝着：“你不赔我的，我找上你门，杂种！”又数着剩下的好碗，用水揩着黏伏在上面的泥土，没有当心，一个缺口划破了他的手指，血水涔涔的流出来。他的心里一恼，把碗向地下一摔。“这营生干不了啦，卖了三年碗儿，一年不如一年……”然后坐在扁担上，哭丧着脸大骂起来。

揶揶挣挣的，很带几分惋惜的吟味，李三麻子温和的几乎抚摸了卖碗的脊背。

“嗳！路终归有的，别往牛角尖上想呵！两个破碗打了更利落……你没成家……”

“………………”

李三麻子用好听的声音，——哑的。“肩上有付担子总是不如意的。”

卖碗的沉思着。

“老弟，我是老耗子啦！”

“这营生干不了啦。”卖碗的又骂起来。

“小子要闯，丫头要浪，旧的不去，新的不来。你干骂有什么意思，那老太婆穷的丁当响了，她能赔得起你吗？”

“老哥，我看你们倒自在，走那儿吃那儿。”卖碗的羡慕起李三麻子来了。

“也不能那么说，好歹比你卖碗强。”

卖碗的大声的说：“我得找他们算账去。”

“你算啥么账嗽，你顶好把那老太婆打个半死，让他受点教育，然后放他儿子来找我们，碗钱我来赔。”

卖碗的喃喃着：“我不会放过他们，我找村长要！”

天色渐渐的暗下来，看热闹的看看没有什么兴趣了，都走散了。伤兵们，几个身体支持不住的，也都躺了下去，有的在庙厢里，有的就躺在庙外。村长叫人送来三捆稻草。卖东西的小贩也都担进庙里去，预备赶明天最后的一场集。老百姓都回家了。一只乌鸦掠过天空飞去，落在远远的树上，呀呀的叫着，晚霞已被几块黑压压的云头压住，夜里也许要下起大雨。

卖碗的收拾起碗来要走了，忽然又停下来，胆怯的对着李三麻子说："那么我跟你们去，你们能要我吗?"

"破铜乱铁我都要，不用说，你这样好现的，嘿，好小子，有骨头!"李三麻子像个扎散开的孔雀尾巴似的，全身都放着光明，扑了过来。"你真是有眼睛的，我一看见你面像，我就知道你要走好运道，你今年二十几岁啦?""三十是你一笔大运，你今年要高升高转。铁岭，你过来看看，有识货的，我们来了好领路的啦——来了好伙计……从此我们共甘苦，兄弟相称，今天给我出了气。"

铁岭已经拐过来，问是什么事。李三麻子惊讶的指着卖碗的："他懂了。"

"你加入，好极啦!"

"他福至心灵，有心思，将来一定能做到虎威上将军，个把年纪有计算，来，我帮着你把碗收拾到庙里去，我们喝酒去。"

一个卖豆凉粉的小贩，送给伤兵们半锤凉粉冻，说他们是抗日英雄，吃了是应该应份的。放了许多醋，他说："吃吧，解凉。"

李三麻子亲手切了一碗，送给卖碗的，很兴致的说："你不有的是碗吗? 拿碗盛啊。你等呆一会儿，我领你掷骰子碗玩，我们这儿天天过年，有意思的在后头，老弟，你觉得怎样?”

“满有个意思。”

“那当然，天不管，地不管，三不管。你吃，你吃……多吃，坏不了肚子，天热。”

他又盛了一小碗，给旁边玩着的小孩。

伤兵们都爬起来，咕哩唿噜的喝凉粉冻，像是他们又经过一次大饥渴，就像他们那次吞食着雨水一样，把粉，醋，姜丝，蒜苗都吞吸在鼓涨的肚皮里。铁岭过来和卖碗的闲谈，并且询问他到大冶去可能要走的路线，(铁岭心中暗喜）卖碗的非常熟习着，用手指在地上划着，他描写着每块石头和每棵树，他都记得清。他划着最近的路，并且指点着，解说着，那儿有井，那儿有河……李三麻子听得烦腻了，跑出去一会，不知道从那儿弄来了几颗骰子，跳进来喊着:“来，你那些碗呢?我们今天给你开晚会，欢迎你，摇骰子碗——喂，不许睡觉。”他指着碗，回过头来对着同伴们。“吃了凉粉，睡觉，肚子痛。”

“三把头，饶了我吧，我的胳膊还丝丝拉拉的疼呢，那顾得了肚子。”

李三麻子兴致正浓，拉着庙里的闲人和小贩们，陪着卖碗的，便玩起来了。

“他们躺桥（即睡觉，为土匪黑话），我来摇瓢，我不怕，三天四宿不睡觉，不在乎，不会淌眼泪流鼻涕，一身子老枪骨头!”他念念有词的把一只小碗翻过来，向里吹了一口气，意思是先吹走了霉气，好运道就该来了。把三粒骰子轻轻的放在小碗里，轻摇了一下，然后把签子分派给每个人，他依次的叫着：“三号签，在那边，你来摇，我来掀，二个五，一个三，十三点，你站先，没有十四点，算白添!”

已经是黑夜了，小龙王庙的香烛里积存未烧着的香，被庙祝取出来，浸了水，晒干着，预备将来卖给香作里重新压成香面子。黑色的纸钱灰还在墙角里旋作小旋风在飞。小庙里除了塑像前幽暗的长明灯，凄厉的透露着暗红色的火苗，今夜里添了几处路灯，……闪煌煌的照亮了各处，龙王爷的香烛前，新添了两只香灰碗，供了纸牌位。一个写着，“追荐阵亡战士英灵之灵位”，一个写着，“追荐八方被难同胞冥灵之灵位。”神橱上用黄纸写着一幅墨色模糊的对联，“招引八方无名饿鬼，同登彼岸，”“追荐十类游荡冤魂，早得超生。”……

庙里还有击磬的声音。铁岭已经睡熟了，正在做着恶梦，一个黑色的狐狸在追赶着他，无处逃身，他浑身出满了冷汗，……一恐吓，醒来了，身上像水涝的似的，热气团拢过来，前厢李三麻子正在大声的嚷着。他冷冷的向庙台上的泥像看了一下，猛的他想起了桑园庙，那条案桌像那里的石坪一样……他立刻披衣坐起来，向四外找寻着，等到他意识到四周无比的空虚和寂寞时，他的心就深深的沉落下去，然后慨叹着。

“白衣的女人，唉……”

他想她一定在日本人来了之前，死去的，他想一定的……因为他这样希望，于是又重新倒下来睡去了，心里强记着，不要再做梦！……但他完全不能忘记桑园庙，而且继续清醒着。

远远的飘来一阵子的撞磬声音，村头的小溪水里，正有人在那儿撒河灯，用纸剪成的粉色的莲花飘浮在水面上，鸭子早已被赶到架里去，水面上的蛙也跳到绿的倒影里划游着了，河灯稀疏疏的飘着，缓缓的动，锁镣子花伸出的叶子就如缨络似的被覆了它。灯花一会明了，一会暗了，有的人家推开了窗子，看看那小水溪还通亮的……便安心的睡觉去了。

在龙王庙里，那跋涉了无止境的奔途的一群，也早都沉落在疲倦的回旋里，在庙台的污厚的房尘下，作着寂寞而荒凉的梦了。

昏暗的夜光里，传来了熟睡的人们的鼾声，咬着牙错错的响，空虚的翻了个身，又大声的说起梦话。李三麻子陪着几个闲人和卖碗的正玩得欢，他教着几个热心的赌徒来赌碗。他们的摇骰子的机会，是由签子来派定的，每个人出一个碗，点儿最大的，赢得大家所有的赌注的总数，买碗的钱归他所有，赌赢的花出一只碗的钱，可以得八只，九只……甚至十二只。

李三麻子派着签，掀着碗，忙的满头是汗，不一会儿把卖碗的老本就弄回来了。“二么三六算十八，三个二算十五，……二个五一个三，八号签在那边，你来摇来我来掀，两个六来一个三，十五点你占先。那个十四点，算白添。四号签，在那边，没有十六不能占先。二个六，一个五，数数点来算十七，他那个十六不能提。三么三六算十八，没有十八算白搭。先十八，后十八，后面十八算白搭，……七里庄，八里庙，都是我摇碗的老主顾。七里庄，八里铺，都是我摇碗的老主户，打帮架，是好人，临走送给你一斗金。四个铜板小意思，只当打个哈哈，凑个趣，一堆花碗你拿去，没人来争算你的，嘻嘻哈哈小意思，四个大碗一张桌，得去了回家可以吃吃喝喝，八个小碗，八位神仙，八仙过海到那边，你的十五算白添，他的十六算好体面，你的十六不能言，你十七，他十八，二号签，来摇碗，红花绿叶多好看，斟茶倒水都一般，你来摇，我来掀，我给诸位做大天……”

夜深了，小庙，荡着阔笑。

李三麻子的声音像经咒似的嗡嗡的响着，使人感到凄沉，迷惘，又带着凄惨。

……………………………

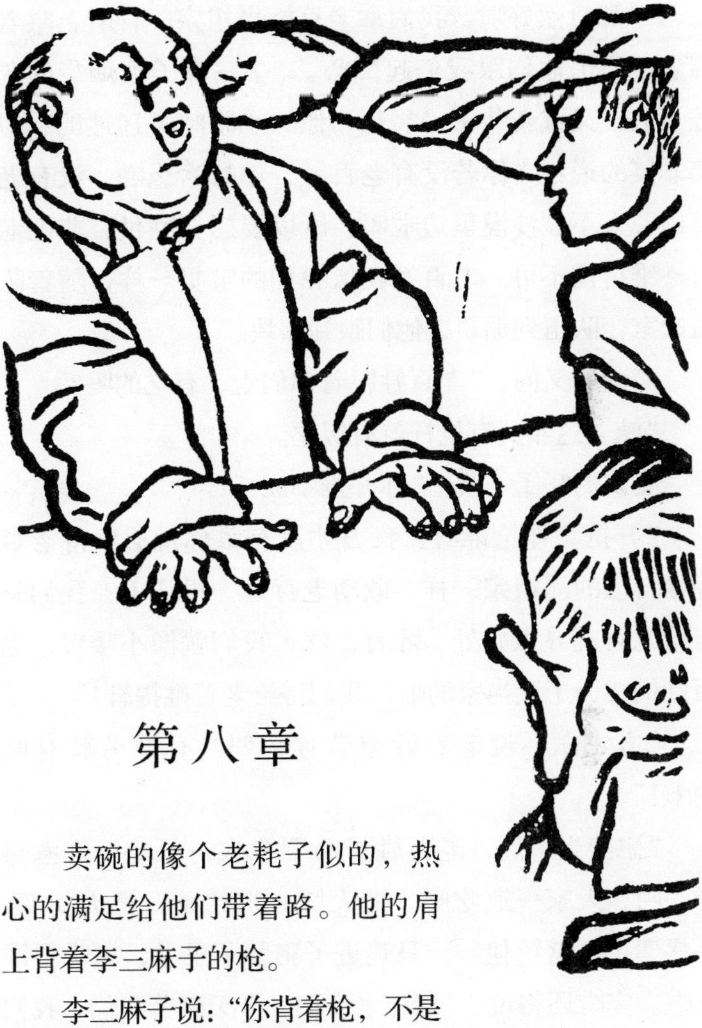

第八章

卖碗的像个老耗子似的，热心的满足给他们带着路。他的肩上背着李三麻子的枪。

李三麻子说：“你背着枪，不是我成心害你，你得练习练习……”

卖碗的继续的问着：“那儿老百姓对你们好吗？”

“那自然好啦，我们拿老百姓当祖宗一样看，哄着捧着，恐怕他们跟我们起二心。”李三麻子把烟袋的灰磕了去，又重新装了一袋烟，他的小眼睛凄迷迷的，似笑非笑的说：“你若没有老百姓，你打啥么哟，没有老百姓，人不在沙漠里边啦吗？所以要想打胜仗，非把老百姓维持住不可。老百姓就像我们的宝贝一样，随着队伍搬家：队伍到那块，他们跟到那块。”

卖碗的又问：“老百姓跟着你们走，有吃的吗？”

“咦，这年头有枪杆就有饭吃。”

卖碗的吓了一跳：“你开抢不成！”

“开抢，你抢谁呀！我方才没有跟你说么？待老百姓像自己的活祖宗一样，敢动老百姓一根汗毛？我们总得给老百姓寻点好处，才有饭吃。我们就像小喽啰，老百姓倒成为了大当家的啦。我们得给老百姓提鞋！”

“方才你不说老百姓慰劳你们吗？有慰劳就有吃的啦！”

“慰劳当个屁，老百姓好希罕拿来一只鸡，你煮热啦，呵，大家一道吃吧，把大腿先劈给他，把大拐弯，小拐弯也都劈给他。一只鸡进了狗肚子里啦，鬼晓得谁吃啦。完啦还得说：‘诸位老乡们，今天慰劳我们，我们感到十分惭愧，从今后，我们大家要一条心……’我们那敢占先，一切都得依老百姓当祖宗，从前我在绥远的时候，我是坐山王，谁敢动弹我，打死一个老百姓，像捉一只臭虫，那不都是那位吗？……”

他使着眼神，向铁岭一撇嘴。“他剪了我的翅膀，那个日子算完了。我这人‘横虎’难展翅……从小拉起的人，都给人家使唤去啦，如今是孤木不成林哪，牛犊子系在车后沿板上，不跑也得跑呵，你要帮着我，我和你一块跑，（把声音压低）有好处，要什么有什么……谁长远在这儿活受罪。呵，……你抽烟……”

卖碗的摇了摇头，把枪换了肩，汗直滚。

“在山西我们队伍，也有政治员，我们不能瞎胡闹，我们每天晚上得开晚会，自己有错，自己就得先提出来，等人家说得啦，自己个儿得先批判，你懂得吗？不批判的不行，这是我们的口号……老弟，你想，我他妈红胡子打底，二混子镶边，我能批判些啥么哟。可是也天天批判。那是呵，咱们能比别人少吃了吗？我就是这算盘，我说，我从前简直是饺子汤下元宵，糊涂虫，现在么，我完全明白了……嘻嘻，他们都说李三麻子好些儿的，说心里话，拥护我，我就当了个支队长，你跟他们那些个玩意儿，你越这样说他们越拥护你，后来他还给我出特刊，给我照像，和外国新闻记者谈话，我管外国人叫老毛子，我骂他们不是好东西，他们就大笑，说我有意思。外国人也佩服我！有一天，在辽县，我们可‘卡’（交战的意思）上啦。我浑身是劲，指那儿打那儿，你知道，我是胡子头出身呵，我他妈脑袋撇在裤腰沿子上，一命货，我怕啥！……就是这把撊机的盒子炮，我就放倒了他们十三个，那小鬼子一身都是黄呢子衣服，唧唎咕噜从山头滚下来，像小黄瓜似的，我好不得意……你累不累……我好不得意，我就像下汤圆似的，我收拾他们。可是我子弹可没有啦呢，我向旁边的同志要，才知道旁边的都阵亡了，就剩我这一个好儿子了，我身上还有三个手溜弹，我爬过去瞄准了敌人的机关枪阵地，咔嚓就是一下子，我把脑袋屁股一齐都攒在土里啦。等我把头伸出来一看，敌人望风逃，我好不得意，跟着我又丢出两个手溜弹，完了，我拿鸭子就跑。我寻思那回没有事啦，那想正跑得嘶里带喘，后边的，左翼的杨支队长，带着队伍进来，说敌人的队伍打退啦，我一听就把后边的一个小兵的子母带背过来，我就往前赶，像钻兔子似的。回来大家一批判，都说我的头功，我们司令马上就升我当大队副。那日子比这边好过……他妈的，你打那个……”

卖碗的问：“那你怎样不在山西了呢？”

“那不是铁岭这小兔羔子吗？他拨到正规军里来啦，他原来就是二十九军的，我们俩老是搭挡呵。他妈的，我就是犯在他手里啦，他缴我的械。从那儿我就完蛋啦。我就跟着他屁股后边转，我这人更贱皮子，你要降住我，还怎好怎好！……这天真热，咱们晚上能歇到那儿？”

“兴隆镇。”

“兴隆镇，那地方都有个兴隆镇，热河也有个兴隆镇，绥远也有个兴隆镇，山西也有个兴隆镇。……日子越过我李三麻子越跌价，还说兴隆镇，这不成心形容我！”

“那里，那里，我说前边是兴隆镇。”

“就是兴隆镇也不许说！”

卖碗的愣愣的望着他。李三麻子忽然大梦初醒的问：“呃呃，前边还有多少里路！”卖碗的报复的说：“不知道！”李三麻子看着他气岔岔的但也没有办法。

…………………………

他们在太阳底下奔驰着，赤裸脚上都磨成了水泡，砂土里吸收了滚烫的炽热，又反射出强烈的光线，烤花了人的眼睛，砂是薄薄的。下面就是湿溽的土壤，小草在土壤里扎下了根株，苗儿梃儿穿过了砂层在生长着。赤红的脚板踏在砂上，脚印是清晰地，没有风来扫灭，这是一行漫长的足印。前边的砂是白的，他们就向前走去。

一带玻璃样的透明的圆硕的林叶在无风的旷场上，也哗哗的扫出声响。是蒿子在壕梗边发出一种苦闷的霔湿的气味。李三麻子向远方霎一霎眼便回过头来询问着：“前边不是荒地？”

卖碗的匆促的赶上来，“这地方我熟习，还有四十里，一定赶上了人家。”他把枪又吃力的换了个肩，汗水从枪带上向下流着，他用手揩着额角上水涝似的汗，自言自语的，“好热天”。然后慌惑的迅速的向后边望了一眼。

他们两个人走在最前面，后边的人都走得慢腾腾的，显出有些吃力的样子。

李三麻子问：“这沙地不长瓜？”

卖碗的回答着：“这砂地没有好大。”

“我们那边的甜瓜真好吃……”李三麻子无意的跌到沉思里去……脚步慢下来，方才他们四只脚步的沙沙的整齐的步调，现在显得有几分零乱了……走了一会，李三麻子有点故作惊奇的，又有几分懒洋洋显出寂寞的样子，喝喝咧咧的唱着：

“一片砂流地，哎呀好大瓜，酥甜真可口，香脆不崩牙……”

卖碗的冷冷的看了他一眼，不能了解他起的是什么感情，只是看见自己的影子，向前走着，沙上的脚步声是寂寞而且单调。

忽的旷野里传来了呼喊的声音，是从后边发出来的。整个儿队伍停下来一看，有人向这里喊着，是在招呼他们停止下来。卖碗的徒的有点惊慌，向着李三麻子：“什么事……他们叫我回去吧！”

“没的事，放好日子不过，回那儿去？”

铁岭把两手遮在眼上，向后边看看，看出来跑的是那年青的夫子，他激悦的掉过脸来向李三麻子打招呼，“是是魏发财。”

“呵？”李三麻子向前走近几步，“是他”？

“一定的。”

别的人也帮着来认，停在反光的白砂上，向远处望着。看远的砂比这儿还白，只有云影的地方是黑的。

魏发财满头大汗的跑来，两只草鞋提在手里，满脸红涨的带着急促哮喘。

“我来啦。”他的声音喜悦得有点颤抖。带着一种稚气的感激和慰贴。

铁岭拉着他的胳臂。在他的胸胛上粗鲁的打了一记，“好些儿的！”

“我给你们带来了一罐子水，他们在后边追我，打碎了……”

“喔，你一个人背两杆枪，给我一杆吧。”他面对着铁岭。

铁岭从肩膀上摘下一杆枪来，放在那夫子的肩膀上，然后上下的看了他一眼，说：“现在你是一个兵了。”不知为什么，铁岭说完了这句话，差点没哭出眼泪来，连忙把眼泪忍回去，怕给别人看出来！

那个新兵鼓挣着嘴巴，两腿还没有来得及拼拢，便神气活现的作了一个敬礼。

他们再没有交谈什么，又开始了走路。

魏发财和铁岭一淘儿走着，铁岭带着几分眷顾的眼光看了他一下，便说：

“你穿起草鞋来走吧。”

“不，我……这双鞋子还是新的呢。”

“可是砂子热呵。”

“我惯了。”

“……………………”

铁岭又意味深长的注视他一下，好像是说——我从前也是跟你一样的……然后又走着。他屡屡的看着魏发财，仿佛想多看几眼自己的过去似的……

“你家里有父亲？”

“没有，爹爹早死啦，我十五岁那年，我们这儿闹大瘟疫，爹爹就死啦……我就有个老娘……”

“你老娘放你出来吗？”

“她常常打我。”

“不放你出来？”

“呕。”

“那你还出来呢？”

“她啥也不知道。”

“她待你好吗？”

“不错，这草鞋就是她买给我的。”

“那你老娘怎么生活呢？”

“我还有哥哥呵。”

“你有几个哥哥?”

“就一个。”

“你知道当兵苦不苦呢?”

魏发财思索了一下,“人家都说苦么,我不怕苦……苦惯了。”

前边李三麻子故意走得慢一点,等着了铁岭和魏发财。便歪裂着胳子,嘻嘻的大笑起来,“嘻嘻,你也赶上来了。卖碗的,你俩这哼哈二将,刚好是一对。小伙子,你可不知道,惟有当兵有志气,战场上那才好呢,大炮像小牛犊似的嘶嘶的叫,要啥有啥,你喝过汾酒吗?前方慰劳的汾酒,一瓶子一瓶子的,谁耐烦用酒杯子喝,张着喇叭灌哪,我一喝就喝个烂醉……你还没有娶媳妇吧?”那年青的夫子,脸涨得红红的。“没有!”

“你还黄花闺女似的,有啥么哟,羞得见不了人。来,我告诉你,没娶媳妇是你福天造化,你娶媳妇儿惦着家,男子汉有啥出息。我没说过,小子要闯,丫头要浪。我的老婆,她不让我当土匪去,我就一枪把她定在那儿啦。我说,你上他妈的阎老西那儿去告我去吧,她翻翻眼皮没说什么就死啦。女人就是绊脚星,她总累着你不能高升高转,你若有出息啦,啥样女子不检着选哪,赚上一份功名,你瞧瞧看……人家都说我,麻脸胡嘴不可交,其实我还有半口斋呢,我更不动荤腥儿,女人我是一尘不染,……若不然我骨膀这么壮,我当半辈子胡子头，大烟一口不上口，女人一个没糟塌过，那玩意损阴德，不是好汉子干的……可是老弟，咱们要抓住俘虏，连他们士兵安慰所都得俘虏过来……”

魏发财不能了解的向他望着。

李三麻子嘻嘻的大笑起来，“这个你可不大明白，好的在后头呢。”

别的人就说：“你讲这一套他不懂得，你还是宣传宣传你那个什么烧素鸡啦，阿根廷罐头啦，那一套吧。弹弹你的老调子！”

“牛肉罐头，那自然。”李三麻子又复生气勃勃了，“嘿，好吃来，小兄弟再过两天我就分给你尝一尝，包管够你受用的。”魏发财楞楞的问：“什么牛肉罐头？”“牛肉罐头就是牛肉罐头，你不吃牛肉罐头，上战场干啥么哟。你没吃过天津坛肉，福建肉松，阿根廷牛肉罐头，铁盒的牛肉干。这是东洋的十锦饭盒子，吃这个比进按摩院还舒服。”

“那么好吃？”

“那自然，若不然上战场干啥么哟。”

前边有人喊：“三把头，你别作孽啦，你看前边好一片黑压压的树林子！”

李三麻子一听了这话，丢下身边的魏发财就向着树林子奔去，他的胳腮胡子冒着烟似的在下巴底下动荡着。

十几个人在后面并不着忙，分着小组一边谈着，一边向前进发，魏发财正和卖碗的走在一起，他们两个的肩头一上一下的，也像在说着什么。人们接近了前边的那片大树林子了，就都停止了谈话，并且走散开，每个人都选择了自己适宜的阴凉想坐下。李三麻子在林子里一面跑着一面在前边喊着："他妈的，离着海多远就凉快，这树林子好像海一样。眼睛一看着它，身上就退汗……"他还喊着："魏发财，跑一跑呵，要想上战场，腿就得像兔子似的……"

落后的人，有的还是一步一步的走在后边。魏发财想要跟上去，别人招呼住了他，"你别跟那三把头学，他是老没正经的。"魏发财迟疑了半天，可是终于跟了上去，那脚掌抬起来的很高，落下去一点没有声音，只有几步，他就脱离开了其余的人。魏发财跑了一会，忽然李三麻子看不见了，连影也没有了，等他跑过李三麻子的旁边时，李三麻子从草棵子里边站起来，虽然他的两手还在作着揖。

他对魏发财，指着那棵不高的梧桐树根下的小破庙说："我不是说我还有半口斋就是这个意思。见着神，总得拜拜，他们都笑我……"他选个地方跪下了。"我是受过日精月华的老狐狸，剥了皮，认得瓤，我把人生在世都看透了，人是一套一套的，我念给你听，你坐下。正月初八起斋功，二月初七并初九，十九生其中，三月初三初六是，十三神说旧家风，四月排来二十二，五月初三十七逢，六月十八九，二十三日又相逢，七月十三中元庆，八月十六步蟾宫，九月十九并廿三，十二显圣容，冬月十九斋功满，腊月无斋闰月同，……你知道吗?”

“小兄弟跟我，我领不坏你，我从前当过三条金道的，我啥没见过，我自已开‘翻桌席’，‘三套盆’，人活着，不能享过余了，过了有祸了，我抢人就是抢这个过余了的，人生在世，哎，我是尝遍了……海咸河淡，……我是把人生在世滤过了，人活着这回事，到我这儿是得一眼望到底儿的。”

一排冷清清的林子流淌过去，人们都走来乘凉，魏发财到林荫深处去寻水去。

草丛里，野菰，鬼笔菰，都漂散出一股本质的香味来，远处水沟花花的流着，在白石上撞碰出圆亮的水花。魏发财用瓷罐子去取水。忽然呼的一声从远处传来一声巨响，使水花四溅，他丢下罐子便跑回来……脸银纸似的白。

大家都说是炮响。

恐惧从四面漫延开，他们一定是接近了日军阵地;是不是走错路了，他们已半个多月没看见过报纸，也不知道前方怎样了。他们顶急切的就是知道这些，我们的军队到那里去了，敌人的企图是什么，但他们无法知道。自从他们退下来，更迫切的接受着生命的迫害，每天的烦琐的枝节的问题累赘了他们，使他们只有盼切，焦躁，困感，甚至是为了一滴水！……一个兵都希望归队，一些失了联络的兵，找寻他们的队伍就像孩子去寻找他母亲一样，他们今天对于误入敌人阵地这个恐惧扩大了……他们考查着想在周遭找出了自己所处的地位的一切的明显的指标。……

幸而不再听见什么声音了，他们才安心下来，又慎重的机警的向前摸索。

顺利的，走进兴隆镇了，打听了当地的人才放心了，从此他们便可以无挫折的找到了他军的队伍。一道光明的喜悦，通过了他们全体……

镇上的富家都已走光，小小的店铺还照常的营业。他们贪婪的像要过一下瘾似的想找寻一个比较大一点的店铺，他们好像离开人生好久的一群，从新又回到有生命的圈子里，他们好像要赶快拾取手可摸的，眼所能见到的，脑子里可能想的，……他们的疮洞太多，他们要一个一个的添补起来，也需要安慰，也需要人们的同情的询问，他们更愿意要的是尊敬，而且能好好的吃一顿儿，是再好也没有了……

铁岭满有兴致的向大家看了一眼。

大家都自动的回说："我们得好好吃他一顿。"

于是他们分头来找寻大的店铺，这时大概是午后四点钟的光景，他们吃完了，还想继续赶路，所以总想吃得饱饱的。在一个店铺的门口，他们停住了。李三麻子在那花花绿绿的货架上考查了一通，把眼睛确切不移的注视在两大包红锡包香烟上，他耐住了口水，用力的坐在条凳上，和老板攀谈起来。铁岭向柜台里边的一个中年婆子讨两根灰色线，那女的拉长了脸，“没得——呃!”说完便不再理他，把头歪向一边去。李三麻子讪讪的问：“老板，生意好呵!”那光头的矮胖子连忙接下去，“不成了，明天就歇了，这年头兵荒马乱的，米一斗都没有，面更不用提啦，面从前三块半一袋子，现在八元钱，眼看就要八元半。你老总明鉴。我们做小生意的，那里买得起，这年头做生意的没办法，前天我的小女孩病啦要饼吃，没得面，那里做得出呵。真是，就快收拾啦，老总们，辛苦啦吧?休息一会不要紧。”李三麻子回过头来，向其余的十几个人挤眼神。铁岭过来说：

“我们饿啦，我们得吃。”

那光头的矮胖子的老板，把两肘支在柜台上，眼睛看住在手指尖，手指翻上翻下的在玩弄。

铁岭已经怒不可遏，他的山野的顽强，立刻又在全身游荡起来，老板回过头儿去，向那个中年女人没好气的喊：“把那剩饭端出来。”

“你妈的。”铁岭一拳打过去，瞄准在老板的鼻梁，“天上九头鸟，地下湖北老，没好东西，他妈要在我的家，两口活猪都宰啦。那有我们还没张口呢，你就封门。

黄鹤楼上看翻船，不干你的事，他妈，你不自己献出，我抢啦你。”

“抢”字像一个很美丽的音符似的，跌落在李三麻子的耳朵里，他一听开心极啦，立刻跳上拦柜去，指挥着众人，“前边两个‘料水’的，去，你去。后门两个把风的，记好暗号通知我。魏发财上货架上子去，把两包香烟拿下来给我！”然后他伸手从一个木板子底下拖出一口袋面粉来，用刀一割，便踢满了一地，剩下的面粉便全都拨在老板的光头上，那中年汉子便像浸在石灰水里的大虾蟆似的不断的打着喷嚏，那方才趾高气扬的老板娘，便慌做一团在地下转。

李三麻子继续的吩咐着：“把那搪瓷罐子，那个白礼氏洋烛，……妈的，老僧帽牌的，卖中国人的钱，至少也有三十年啦，拿呀……洋蜡都不知道，你妈的！拿那个洋蜡给我！”

卖碗的把两匹蓝大布挟在胁下，鼠头鼠脑的想偷着跑。

李三麻子一声吓住：“那里去，抱两块布干什么，放下！我一宿把你老本都给你捞了过来，你还不够本，魏发财，把那花生米，胡桃酥，凡是吃的都放在口袋里，背起来！……你舍不得，让你舍不得，幸而你老婆没带金耳环。”

铁岭走到货架去抢一块咸肉，他想：抢钱不抢钱呢？

便把些碎票子和铜板都撒在地下……卖碗的忙着去检。

“你放下。”李三麻子喊：“妈的，我们也不是红胡子，我们也不是开抢呢，我们是给他一顿民众教育。”铁岭把虎口放在嘴里头，打了一声明亮的哨子。李三麻子又捞起一匣火柴放在腰里，他们呼哨了一声，便跑走了。

“非治治你这个老守财奴不可，几碗面也舍不得。”铁岭向四处检查了一通，看那矮胖的老板满头都是白色的面粉，惟有鼻头那块流出一道殷红的血来，他立刻就意识到有几分惭愧，便从腰里拿出手掌一个大的小手枪来，“我们也不白抢了你的，把这枪拿去，可以卖五十块钱。”

老板哭丧着脸子，眉毛和睫毛都是白白的，“老爷们，我那敢要，我们那敢窝藏军火……罪上加罪……。”

“三把头，把他两块钱……。我们荣誉军人不白吃你的……”

三把头正在那儿吩咐：“前门的跑步走，向前冲出去，带东西的随着接出去。老李，老张把边，铁岭在旁边趁着，后门的随着撤退，压住‘点’，后面我撇着。”于是这胜利的一群就穿过这小村庄的边沿，向前跑走了，他们获得的是两包香烟，十盒火柴，几斤花生米，和弄脏了的花生糖，铁似的二十几块糖饼子，还有一块没有煮熟的咸肉。

卖碗的在忙乱中不知跑到那里去了，也不能计算他带走了些什么。原来背在他肩膀上的枪，已经放在魏发财的肩膀上了，问魏发财，他是什么时候溜走的。他也不晓得。

李三麻子非常得意，一路上唱着歌，总算又把他的本分表现了一次，李三麻子一边咬那糖饼子一边笑，觉得滋味无穷，比一切的都好吃。他心想人真怪，吃东西是用小手捉着吃痛快，可是天天扭扭捏捏的多絮烦，又咬一口饼子，举得实在香，觉得天下惟一的乐趣就是抢别人的东西。买东西讨价还价多撇扭……

铁岭却只觉得惭愧，不该临时冒火，抢了那小老板……但是这话只存在心里，不便说出口来……

带了创痕和愤怒，在热郁里走着，辛苦的焦躁的在找寻他们原来的队伍，或者可以吸收他们的队伍，他们将要把枪重新带回到战场上去，把敌人在梦魅中所恐惧的命运注定了……他们的工作正在开始——

太阳斜射在大地上，红云撩拨起来了，大江在看不见的地方向下滚流：他们奔驰着。

傍晚了，卖碗的在后面颠忽颠忽的跑转来，他急口的向着李三麻子述说，先说他走丢啦，后来被村子人抓住了问他口供，说他抢了杂货铺子，他说是卖碗的，被他们裹了来，人家还不信。幸而他腰里有着卖碗的发票，人家把他腰里的钱，和两匹布给搜去了，才放了他走。

还打了他。后来又说本钱也没啦，又没有亲戚家人，回到村子里还不是也没好营生作，所以又赶上来了，请求他们带他去。

李三麻子冷冷的看了他一眼，嘻嘻的笑着。

“好呵，好呵，孙猴子翻筋斗，早晚还不是回到如来佛的手指来！”

铁岭安慰着他，并且给他糖饼子吃。卖碗的安安静静的吃着。

李三麻子强烈的镇压着自己，看着他。

走了很远了，铁岭叹了一口气，也没对着谁说：“慢慢儿的，我们就好了，我们一定会好的……”

于是他们便寂寂寞寞的走着路了，而且咯咯铃铃的谈着话，好像几个亲密的家族走着夜道似的，互相提携着，都追寻着可以安慰对方的可以帮助对方的来谈着……而且有时就完全停止着，听着彼此内心的声音……路的不平都沉落下去，空气在四围里和谐起来……只是李三麻子一个人得意，对卖碗的述说他过去的战绩。

太阳照着，他们走过去了。

没有到大冶，便遇到自己的队伍，他们补派到后方训练三个月，才重新到前方。他们被编到××补充旅。年青的夫子和卖碗的都成了战斗员。铁岭是××连的第一班班长，李三麻子是第二班班长。……

第九章

没有等到三个月的训练，他们便被调到前线，这是他们请求过的。因为兵士喜欢打仗。

又上前线了，李三麻子拿着新发的枪，在草坪上操练着，这枪比从前的那杆要轻些，灵些，所以他使用起来，感到轻快。

年青的小兄弟，现在是他的列兵，在他跟前走过。李三麻子瞧着没人，便挡住了他的去路，提住枪，打着立正，在开着玩笑。

“报告，前边有一座尼姑庵，里面有四个和尚，三个老道，三架机关枪，四杆盒子炮，完了。”

小兄弟跑走了，他感到失去了谈天的对象，便坐在草地上，拉出火栓来，用手巾在拭擦，抚摩。阳光通过了稀疏的树荫，懒懒的散落在他的脊背上。

他们昨天已经接触了，但还不能知道敌人真正的企图，所以他们的任务还不十分固定。昨天的战争是两方面的机应战，两方面都想在这个试探的接触里判断出敌情来。

吃过早饭的温暖，使草坪上也有几分喧哗了，铁锅的击碰声，铁岭的洗刷声，马嘶声，风吹声，马尾蜂的飞鸣声，青春的咳嗽声……小山坡整个的活了。短短的针叶树，一会儿掩藏了人的动作，一会儿反显示了人的动作。

魏发财下来了，李三麻子绊住了他，先是给他讲解着枪的机构和知识，随后又讲躲炸弹的方法。

讲得无可再讲了，他四面看着强烈的天气，便绉起脸来说：

“这个天儿，在我们家正是晒红米的时候了……唉，打仗把啥么都打完啦。”

魏发财说：“……若在我们家也该忙了。”

李三麻子回说：“自然，一立秋十八天草木皆齐。”

魏发财等了一回，又说：“说不定今晚上要有大仗。”

“大仗，哼，说不定夜里要下大雨……猪过河，来潮雨儿多，女作桥，来潮雨潇潇……昨天晚上天河叠灞，今天一定有大雨可下。”

魏发财应着他本队集合的口令跑走了，剩下李三麻子一个人还在擦枪。他一面擦枪一边忧郁的唱着歌，有时呆呆的向遥远里望着……

夜里快天明的时候，果然又下了大雨，他们在冒着雨挡击着敌人，这是几天来最激烈的一段战争。但是随着天色的发亮，雨却晴了，战争也止了。到第二天正午时，太阳晒得人暴跳，热就把战争分散开。可是一到下半夜，战争进行得惨酷的时候，雨下得就益发猛烈，仿佛非把破坏的音响里再加上几个喧闹的音符不可。这几天就是这样的。……

原野的风，郁热的风吹着，是中部中国的秋季的天气。江水在沸滚着，湖沼地带的湿气蒸腾起来了。苍蝇群集着，在树上，在草上，在带着血水的地面上。战争在激烈的进行中，每到夜里，这里便展开了生命的杀戮战。每个声音都是在以人的活动作目标。常常是在一个声音嘎然的飞鸣之后，另一个声音便从此永远的在地面上消灭了。

湖沼的酷热，不能救济这些，由于它的长期的沸煮和蒸腾。就如最好的培养液一样，把战争煮得更成熟了。

原野里的高地，在大太阳热里，懒懒的向远处爬行。金轮峰悄悄的睡在蓝澄的云光的下面，昨天夜里，它是在声音和混乱里被打得零乱和破碎，所以灼红的太阳也不能使它苏醒。

四五〇六高地，在地图上是一块无名高地，它是一堆并不太大的土壤和岩石，是除了高度，便什么也没有了的。里面没有埋藏什么矿产，铜，铁，锡，铅。什么都没有。山顶上也没有桦树，榆木，松木，只有一些散乱的嵩挺和一些红珠子似的野丛树。

这个山头是火成岩组成的，石质都透露出热情的红色，非常沉重而且奇突。因为岁月的风霜的洗劫，都已使它松弛而且风化。

现在这里重要的掠夺战便在这山头上展开。这战争要使这山头平塌下去，使仅有的一些散乱的嵩挺和一些红珠子似的生物都不许再存留下去。要使这风化了的石头片片脱落，要使这已有的高地沦为平地。

这一座无名的山峰，山头的面积只有三百米达宽，高度不及西边的山三分之一。有一团人把守着。

铁岭和李三麻子他们便被调到这里的。

战争这几天更行尖锐了，铁岭脸上显得瘦削而且黧黑。脸显得长些，睫毛内亮着光，嘴角那儿有一痕向下押拢的绉纹，肩膀宽了，仿佛天天向两边来扩展着，下颔底下的那根骨在说话说得激烈的时候，便突出来，上下的直跑。手节都挣大，指缝变宽了。很贪婪的吸着纸烟。一到夜里，他的瞳仁便放大了，他的战斗生活开始了。

深秋的天气该是九月菊一样的飒爽凉适才是，可是在德星公路上的天气，却因为受了鄱阳湖和庐山的影响，气候冷热不定，庐山四周的云雾是非常有名气的。

他们得到上峰的命令，是争取到三天的时间，使德星公路线上主阵地得到充分的时间来从容布置，他们在执行这个任务而且一定完成它。

二十日晚上，我们一团人怀着机要命令的壮士通过弯曲的山径，进入阵地。

归宗寺，烂泥塘，鸡冠山以及鄱阳湖上敌人的军舰中的炮弹摇山撼海的射落过来。浓深的雾幕，团团的围绕着山顶，什么都辨不清。他们向前运动的第三连在西边山的山腰遭遇了敌人，发生了激烈的遭遇战……敌人占领了公路两侧的孤山和西边山，正企图以猛烈的炮火掩护步兵攻占他们左翼宝塔山大脑包几座高山，突破他们左翼迂回到隘口的后面去。敌人从左侧进击他们隘口防线的企图已经很明了。在这紧张的形势底下，为了巩固他们阵地，不让敌人轻易深入。因此，在作战地形上显然处于不利的高地突出畸角，仍然要保持下来的。

西边山上的敌人增援部队是愈来愈多，他们一连弟兄于冲杀一小时后，所剩只有一排人了。第一营营长接到报告时，马上下令派第五连，第六连，两连绕道出击。他们的战士沉毅而坚定的冲入了敌阵，终于击退了猛攻的敌人，使他们第一连的一排壮士生还了，铁岭也是被劫持回来的一个。

天际只有星星，夜是黑的，敌人军舰上的探照灯，不时向山头闪电般的扫来，敌人的重炮澈夜发出宏大的响声，震动了整个山谷。一间破旧的草房，一支摇幌的灯光，照着满面风尘的团长在不停的接插着电话在指挥。

爆裂的声音，都按照战略的配备表现出来，十二生的的炮口，按照标尺所指定的射程，呆笨的响音。山谷随着和鸣。战争是机械而且呆板。每个金属的响声，对于大气振动的次数，都是早已决定了的。每个子弹的有效射程都是早已安排好了的，大炮轰隆轰隆的响着，仿佛是一只可以捉摸的大铁球，在地面上来来往往的滚动。

这一夜争夺的场景在树叶的缝隙里展开了，在河流的绉纹里展开了。这一夜防卫和侵战的争持，在草的披覆里，从炙痛的炎秋里，滚流出来。

弹花的雨线是想在极短的期间之内，把这个山头炸光。火的爆炸一个接着一个，山头就要摇毁了，而且平塌了。但是却依然屹立着。

他们的守卫者，就是想把敌人所预定的时间击破，使敌人不能按照预定计划进行。这个战争是争取时间战。他们必须把敌人的攻略延长三天三夜。

敌人的番号就是一二三师团，在攻略上尽了最大的努力。他们这批战士，对于这个强硬的敌手，并没有太多的敬意，管他们叫做“幺二三”！并且按着他们的意见和解释，觉得“幺二三”这个数目并没有什么可怕，而且命定的必然会倒个大霉，因为他们是站在四五六上来打击“幺二三”，所以这山上的战士都有个坚强的信念，“我们是一当十，十当百，百当千，我们是四五大六，挞你个幺二三。”

李三麻子在每次抛掷手溜弹的时候，便喊着：

“日本小鬼，幺二三！”

炮声是一切活动的节拍和符号。它指出这血腥的活动是在按照快板进行，它指出这战争是按照“中快”来完成他的节奏。

士兵们沉着的埋藏在深草里，他们清楚的掌握着自己的两肩上所负担的任务。他们决定在敌人狂暴的压力之下准备着自己的武力来控制机会。

敌人的大炮不停的轰击的时候，他们的谈话就停止了，而且找到掩护，等候着……

炮声并不疲倦，炮声仿佛是地心哮喘时的共振，随着每个呼吸而益加急促。

当夜的战争开始的时候，一切的消灭和争持展开了。这是这阵地的固守的最后一夜，这夜的枪声和炮声就特别激烈，仿佛暑季的最后一次的急雨一样，是想把一切的云片，凝霾都在这一次撒落下来一样。

敌人的一二三联队是一个顽强的对手。打击这样的敌人，是必须使出很多的力气的，或者说必须把所有的力气都使出的。

敌人是机械化兵团，有炮……有瓦斯，有橡皮艇，还跟着有化学部队，随时可以施用毒气，但是因为两个阵地都已密接，不容许使用化学战争，所以化学部队的战斗力还没有展开。

今夜是他们命令中所要求的最后一天。

夜在山里也如同军队的逆袭一样，突然的降临了。山里的黑暗是忽然暗下去的，不比太阳落在地平线上是一滴一滴的把光明漏去的。

黑夜将刀枪的阴影扩大了。光明和黑暗在攘持的时候，战争的决定意义就在这时执行。排炮猛烈的射击过来，固守阵地的兄弟们，已经损失大半。开初他们都非常沉着，遇着炮弹落下来之后，他们便马上跑到那个炮弹的深坑里去，伺候着。这个方法很有效，这是一些老兵发明的，而一些个新兵都照着他们去学。

但是等到第二轮的排炮射过来，便没有第一次那么规律性，那么容易躲了。因为那些弹穴也没有开初那么容易记清和辨认了。

这样，这个争夺的最后的场景是惨烈的。

敌人的大炮一直的发射着，根本看不见人影，士兵们只有一个苦闷，就是不能打交手仗。在每次的冲锋里，敌人都是吃亏了的。但是这两夜三天里，敌人所坚守的惟一的法则就是不给看见，战壕的士兵对于这个只有感到愤怒而且焦急。但是敌人是懦怯而且矜持的，他们一直到现在，还固执着这个战略。

忽的炮声停止了，或者是转移了。只听远处轰隆轰隆的响，使这山头起着微微的震颤，大家都提尖了耳朵，不知敌人弄的什么诡计。

哨兵加紧防卫，把眼睛注视到沉渊的黑暗里去，在坚强的把守每个空隙。秋夜的深草是惯于沙沙的悲鸣的，而且凝滞的树丛，仿佛是憧憧的人影。

夜更深了，士兵的眼睛，圆睁得明亮，临时发出的秘密口令是“紧急——警戒”。

那夜两点钟的时光，忽然一声怪叫，全山都惊悸了。敌人摸进营来。

一群新兵为了恐惧，都挤进战壕里来，使一些老兵跃不出去了，于是他们使用枪把子拼命的互击着，“龟儿子，你们跟着我冲！”于是老兵都跳出壕堑去，他们久久的苦闷，都在这个时候爆发，“冲吵，你龟儿子的！”

两方面的士兵都是哑口的，从反对的方向上来判断谁是敌人，而且顶重要的是听取枪声和对方活动的气息。

他们的刺刀都已上起来了，敌人的马刀和指挥刀也都在树丛里显露。有经验的兵都猿猴似的跃出来，有的用海狗式的前进法爬行。新兵们在这时冲得更勇，他们一跃出战壕时就一直跑到老兵的前面去了。

山北的杀声大起，中间的联络哨不停的叱问口令，白刃战开始了。

手溜弹一排一排的抛出，这时山野的农夫，是把在野地里抛萝蔔的方法使用在抛掷炸药上来。北边喊杀声盖没了一切的声音。传令兵在中间奔驰着，东边去了一班人掩护，南边这时也冲杀起来，从声音里显示出更加倍的惨烈。

李三麻子和他的小兄弟在一起，他的粗棱的臂膀挥动得仿佛在黑暗里砍柴一样，一个日本兵挥动着刺刀，已经刺死了两个，碰到了李三麻子，忽然的胆子一怯，便被他砍掉了头……

李三麻子红起了眼睛仍向前赶……

南边的阵地这时敌人爬前来了，我敌都面对面的肉搏起来。这个队伍是顶容易在白刃里取得胜利的，所以在这一次都是决心想掌握住这个机会，得到胜利……

敌人出现得更多了，李三麻子把两个巨型的炸弹杠到石崖上，预先拧好了螺丝，便向敌人的深纵部分滚去。

烘……花……崩……

远近的山岳都跌荡起来，敌人的兵队，立刻向四面寻求掩蔽，这时他们这支军队和怒潮一样向下冲杀过去，铁岭带领了那班生还的弟兄冲到最前面，（他向来的习惯都是这样作）手溜弹像过年时节的鞭炮一样联成紧密的串响，向敌人掩蔽的地方投去。接着是机关枪都连锁的响起来。敌人又冲上来，又退下去。

这时相持了两个钟头的光景，在清晨四点钟的时候，对面山头的排炮又以这边的高地作为目标在加以轰击了。

这一次的炮火比任何时候都猛烈。山头一片一片的飞迸开去，如同一根被斧斤砍伐的树根，它一刻一刻的接近地面，而且平秃，破碎，他们的阵地全毁了。

他们的阵地里完全不能容许血肉的停留了，沿着那个壕堑炮火紧密的射过来，使每块石头都爆起了火花，每块土壤都干枯烧焦。他们的阵地就如同一根炽烧的火线，吃吃的一刻由东向西飞出了火花，一刻又从西向东烧回去，他们的军队并没有撤退的命令，所以弟兄们都在死守。这个被火烧溶了的战线，仍像掌握在他们的手里。这个动荡的战线，这个枯焦的战线，这个死亡的战线，但仍在他们手里。

第十章

残酷的战争进行着。

在火烧的战场上，有断乱的麦茎横错着，乱石，碎木，泥土，使土地生满了腌脏和不平。

一个十八岁的孩子，昏迷了，受伤了，在昨天的那场大仗里，他一只手臂被炸弹的碎片炸去，那是他的右手，现在他还剩有一只左手，一只来福枪在那痉挛的五指上紧密的握着。

等他稍稍清醒过来，有一个佛教救护团的老年的和尚走过来给他水喝。

向四周的麦田看了一看，看了那金黄的颗粒，他还说：

“这麦子就要收割了。”

“他们在那里攻城哩！”老和尚平静的说。

小兵迟了一会儿，便自言自语说：

“我们的家乡的麦子也该熟了。”

“我们是第三次的总攻击了。”

“——不知道我们能打胜不能。”那孩子的想法依然在继续下去。

老和尚仿佛不愿搅扰他，问他还喝水不。

“还喝的。”他继续着说：“我的血太干了！”然后又加着说：“老师父，我许不死吧？”

老和尚看了一下他的手臂，又看着他结实的脚，点点头。

“你就会站起来的。”

一缕近乎光明的笑痕掠过了那孩子的面颊，他想举起枪来，大概是想喊口号，忽然他脸上泛起一阵子苍白，似乎是一阵钜痛掠过他的全身。他嘴唇颤栗的抖动了一下，想说什么话，但没有吐出任何声音，又复昏晕过去了。口里喃喃的说：“麦子要收割了，我得回家，谁帮我爹收麦子呢！”

第二天，老师父给他送水喝，他已经被挪走，他卧着的血泊的地方长出娇嫩的麦芽儿来。

……………………………

战场是荒凉而且沉寂的，鸟雀从上面飞过也不想落下来。气候是湿溽而且黏腻，战场里满都是水，疥疮和癞疮到处滋生着。天一黄昏，蚊虫就飞起来，打成团儿在草根上嗡嗡起来，马儿被叮得不耐烦了，在把被辫成辫儿的尾巴向光秃秃的皮肤上甩打着。有时被瞎虻虫叮了，伤处便流出血来，挂在背脊上，像一道天然的流苏。若是缰绳解开了，马就撒欢儿似的打着滚。

蚊子有一种花蚊，吸血时把两条后腿掀起来，甚至想挤钻到人的肌肉里去。这儿蚂蚁也咬人，蚂蚁有红蚂蚁和白蚂蚁。红蚂蚁也像透明的含着一泡血。白蚂蚁则像洒在地上的米粒。

有时长草里伸出马儿的脖颈来，好像蛮荒的地域跑来长颈鹿一般。后边传来兵士的吆喝声……

麦田上低低的桑树，叶子都脱尽了，编在一起像篱笆，枝干黑黑的，把泥土也弄黑了。有的农庄上也有铁篱笆树，那些都好好儿的，一点也没有损伤。

战争是时时刻刻被注意着，战争用千千万万的眼睛向四面窥视着。这时四边也没有炮声，原野是沉寂的，玫瑰紫色的杜鹃花血涔涔的开得崭红，太阳在山边一冒嘴的晨光，热度就随着翻白花的云彩提高了。

“喂，弄来香烟了。”

“见面分一半。”

“屁呀——呸，不要抢，不要抢。喽喽，使劲抓，抓碎了。”

“啥牌子的?”

“你放心好了，终归不是新月牌。”

“喂，小粉包里有毒，你不要抽了，我来抽吧!”

几个士兵在短墙上闹着，抢着烟。

一个把烟从口里大量的吸进去，可一丝儿都不吐出来，好像是吃什么流质似的，每个细小的肺叶或者胃囊的纹路都是往里吸收着的。

另一个把烟从肚子里翻动出来，用口腔作成一个圆形，像一个葫芦似的，一口气连喷吐出四五个圈儿或者七八个圈儿。

“前天我们弟兄八个奉令夜袭，龟儿子，……”从口里吐出个烟圈儿来，袅袅的向上飞绕起来。“每个人只带两个手溜弹，爬行前进，我他妈爬着爬着的，我觉得不对劲儿，我想，莫不是敌人兜上来了吧，我心里一急，便转个方向向右一闪……你别打岔，你猜这回可糟了，我摸了一手冰凉，不是一个血淋淋的人头，还是什么呢？龟儿子，我大大的吐了一口霉气……我再仔细一看，偌大一个香喷喷的西瓜，……我能舍了它，只得上前爬，妈妈的，我不愿，……牺牲太大……”烟圈又从嘴唇上兜滚出来，“好一只大西瓜。……现在嘴里还甜。……”

另一个就插嘴：“好，你敌人阵地摸西瓜，小日本知道了不上你‘转口税’才怪，今年汉口西瓜一担是七块半，好，你今天两块钱请客饶了你。”这边正闹着，那边人又讲着：

“你听我讲呵，……萧班长一想，丁班长得了胜利品，上边还有很重的犒赏，难道我就这样空手而回吗？不给人耻笑？于是打了一个主意，便把被杀死的敌人的衣服剥了下来，伪装起来，俨然是一个日本兵，一会儿两个蒙古伪兵没精打采的来放哨，萧班长一声也没响，等他走近相当的距离之内就把手溜弹一发扔过去，该死的家伙们马上就完蛋了。萧班长扛着两只枪便随着老丁安全归队了……”

“那算啥，上回我……”

“不要听，他的话就和汪精卫一样……听不得……”

“这回可是真的了，不骗你，我们昨天摸来了三杆迫击炮，两挺……”

“胡说……”

“确实的，我领你到连部去看。”

“我不信你又摸来了。”

“今天我领你去，还有铁罐头哪，香烟多得很，老张摸来了一大包手纸，屁股舒服了好多天！”

“听说又是想夺隘口，马回岭，沙河，黄老门，莲花洞那边儿来大包围……”

“龟儿子，只怕金精怪吞了孙大圣，从肚皮里给他捣鬼！”

忽然李三麻子慌慌张张的跑来，问：

“铁岭呢？谁看见了铁岭？”

乘着别人冷不防，劈手把烟夺回来，衔在嘴里就跑走了。

他找了铁岭半天，跑得满脸大汗，便也忘记了原来找他是为的什么，便依在一棵树荫下睡着了。梦里他听见自己的鼾声特别，嘭噜嘭噜直震耳，……什么东西黏黏忽忽的盖了他一脸，他一机灵清醒过来，连忙跳起，扑去脸上的尘土。又吐去嘴里的泥，喝咧咧的唱起，向麦田里走去。

铁岭不知被什么东西追逐着，在没命的向南跑，李三麻子一看见，便赶过去想帮他下手。

一个白色的东西在铁岭的面前跳起，跳着，绕过田埂边上不见了……原来他在追一只兔子，又不敢冒然的放枪，又舍不得放开它跑走。

兔子越跑越远，若是钻进那块苇塘，便不见了。

李三麻子一着急，便端起枪，照那兔子的后腿就是一下子。

“混蛋，谁让你乱放枪？混蛋！”

李三麻子心里一凉，才抱起枪来爬在地上隐藏起来。

他俩看着半天没有什么动静，才跳起来，彼此互相抢着先去找那兔子。

兔子浅草黄色的皮上，沁着红晶晶的血，映着太阳闪然发亮。兔子一倒下来，肚子便缩小了，后腿显得特别长。

铁岭提着它的后腿，嗤着白牙，对李三麻子嘻嘻的笑。

“肥得很……”

便着手把它的胃脏掏空了，填上了干草，提在手里，回过头来问：

“怎样吃？”

李三麻子手讲指画的，“这样吃。”作着手势，把兔子提在手上，然后用手撒着盐……

“潼关有卖兔子肉的，干的和檀香木似的！”李三麻子又加着说：“那样我也能吃它二斤。”

铁岭找了树枝和树叶子。

“来，发起火来！”

“不成吧！”

“可以。”

“不成呢。”

“可以。”

“……惹出乱子你包着……”

"烧熟了我一个人吃。"

"好。"

"拾柴去。"

"多得很!"

铁岭把兔子皮很爽利的剥下来，和上泥土，把兔肉系在木棒上，吊在柴火上。

木柴都有点儿湿漉漉的，毕毕剥剥的跳出火星来，蒸气和烟喷冒出来，白森森的烟熏附在泥巴上，起着绿锈。

兔肉就要烤焦，从烘干了的裂缝里发出脂油来，遇着火，油粒燃起，爆成火泡，火泡燃炸了，便迸出一缕蓝色的油烟。

鼻子都为这烟香牵引了而抽动着，他们嗅起了香烈的肉气，再待一刻，他们就该吃到嘴了，这是多么新奇的喜悦呀，比早晨的风吹到人的怀里，还引起更飘渺的甜蜜。

忽然的天空一道白球滚过来，轰轰……一个炮声落到了附近。

铁岭扯起那只尚未熟透的烤兔，便躲在断墙脚底下去，坐着啃吃起来。

李三麻子连忙用粗重的大脚，用力放在火上踏熄了。也躲到墙脚边。两个一边听着炮弹落处，一边便用油手撕扯着，吃着，嘴嚼着，喃喃的说着，打着，闹着。

一阵泥土飞溅过来，炮弹就落在他们跟前。

他们两个便卧倒在地上，伸起头来，像两条蛇似的，还是吃。

炮声越打越近了，尘土飞起来，有一个炮弹便打到方才他们俩烤兔子的那圈火灰上，他俩看不好，便提着兔子大腿跑走了。

路上他俩碰见个小兵，小兵追着他们喊。

“你们吃的是什么？”

“喂，小麦，是你吗，给你块好的吃。”

李三麻子把一块骨头丢过去，然后嘻嘻的笑着，兀自跑。

麦占标在后边追上来，幻想着这里该有一只母象似的小牛，足够他痛快的塞满口腔，食管和肚皮。

铁岭跳到一个被掘毁了的坟墓里，腐朽的骨殖已经不知跑到那里去了，棺木已经和泥土混淆在一起，分不清了，只剩下四面的土坯，还好像个旧弹穴似的露出一个浑圆的带着齿形的边形的窟窿。

三个人都跳进去吃着兔肉，死的感觉一点都没有，弹花好像在天空上撒笑着一般……大气里充满了硫磺的气味，冲入鼻管里，使人感到一种生理上的兴奋……

敌军从左边山那里兜过来，企图切断我们的德星公路，使占据在高地一带的抵抗的将士的阵行，形成一种自然封锁状态，然后使他们的高速度机械化兵器的性能，可充分的发挥出来。

庐山的云雾是突然就降临的，到下午，天在下着雨，浓浊的雾气里带着稀寒的雨滴，山上白色的洋房，死了似的静立着，山脚下马路边一家罐头店，门板还上着锁，窗板钉得牢牢的。可口可乐的招牌还钉在门轴旁边。

午后的激战开始了，双方面都利用着风雨在进攻，他们突击的非常猛烈，兵士们灰色的军衣已经完全湿濡，沉默的奔跑着听着号令。

敌人还没有很好的时间取得据守的条件，第二道战壕也没有修，所以敌人的将官对于他们军略的机动性表示很惊讶。

士兵们浸在充满了泥水的战壕里，不断的受到迫击炮和手溜弹的袭击，又不能跃出来作肉搏冲锋，因为根据他们前日的作战经验，他们的队形每一次过分的突露，没有一次不被我军给冲散了的。痛苦和沉郁空气弥漫在战场的每个角落，炮声和重机关枪声都失去轻脆的爆裂声，混和着浩渺的风声和一丝丝的雨线，带着几分病痛的嘶哑和呻吟。

铁岭说：

“他妈的，今天若是捉住一只黄羊子该多好。”沉吟了一会儿，他又加着说：“我至少也追出二里路去，小狗东西，小狗东西，你那里跑……”

李三麻子抽着纸烟，听了便倒在草地上，把两脚跷起，右脚放在左脚的膝盖上，脚板有意的颠动着。“算是吃了一顿好饭菜……呸！……”一个烟蒂整个儿的弹落到他的眼膜里，他一翻身跳起来，在眼上揩着，揉着，“我还没有尝到龙肝凤胆呢，便得先吃个眼前亏，龟儿子的！”

旁边同伴们看了他笑。

“说是不让你抽慰劳品嗬，你偏抽。”

“喓，偏是我抽不得，我那一仗都不是冲在你前边。”

轰……一个开花弹落在他们身畔，连忙都爬在地上，不敢吵了。

第十一章

上边传下紧急命令，归队集合。

旷野上，霎时间都是脚步声，衣履的繌繌声，草棵的沙沙声……又是分发声，藏匿声，刺刀碰磕声……沙碛上的脚步声……轻微的咳嗽声……草杆垂折声……

他们跳进战壕了……他们在战壕里守了两个钟头，炮声才沉寂了，四野没有动静……到下午八点钟。便换班了。

几个小兵在第一道战壕里掷骰子玩，湿气渐渐上来了，野唧蛉沙沙的在叫。

长草里有人走动，一间草屋，黑暗的连一点火光都没有，远远的山坳里有人在说话，泉水汩汩的奔流，激起很大的白银的水花。

短草上一个荆宜一带口音的人在说话，声音忧郁而愤激。

“三十元，两个三十元老子都豁出了。那小屄还和我朝三暮四，简直是放白鸽子，狗娘养的！”

“你要出三十元嘛。”

“放屁，我把金山倒给她，值得个啥子名堂。她是喜爱他××大，我，人瘦小炸排骨，她说我没男子汉那股劲儿，活见鬼。在张园那仗，不是我的一排人上去，格老子的，他早……格老子的，没有他了，臭婆娘，没有他今日，那有他的行货！一个人得讲同志爱！”

一个粗鲁的声音又说：“她收了你的钱，就算你的人，你有权力管教她。”

“我的人，我今天上她那儿宿，她说她那儿有了人……你听是什么话！我是泥作的，我吃得消？”

“那你就应该命令他滚出去，打翻醋坛子！”

“她说他就花出一把钱，比我多，格老子的。放狗臭屁！”

“那就难怪。”

“格老子的，他花个屁，前天他还借我十块钱去呢。”

李三麻子在旁边走过，听了几乎笑出眼泪来，他一歪一踋的走过去。

铁岭刚吃完夜饭，正在用机器油擦枪械。

李三麻子想着刚才听到的话，诡秘的油滑的看着铁岭挤弄眼。

“喂，铁岭……晚班没有我们的事了。……”

铁岭抬头看着他，好像在问，“没有我们的事，那么干什么呢？”然后兀自又擦枪。

李三麻子甜蜜蜜的伏下身来，把一只手堵在嘴里，然后忸怩的摸了一下头。“我可有个好看的……要会一会去吗？”

“呸。”铁岭还擦枪，脸上挂着一丝不信任的笑。“去你的啵！”

“真的她还预备两只大母鸡请我吃……我还没吃饭哪！”

“一只呵？”

“两只。我吃不了，我给她两块钱，买了两只。”

铁岭回去放好了枪，然后转出来，把衣服拉了一下，脖颈挺了一挺。

“我吃了饭的。”

“不要紧，她待我很好的，真是哎，比我母亲还好，……你看这衣服，就是她给我缝的，你看多么织密，问长问短的……嘿！”

铁岭正经的也不看他一眼，只是内心里充满了快乐和轻松，觉得这场邂逅一定是愉快的，踏在秋天的草地上步履起落搭搭的重音和籁籁的草响。

秋虫在他们走拢时，便停止了鸣叫，等人走过了，又扯起了繁华的粲响。

李三麻子一路上就醉心的在描写所谓的“她”，她这样好，那样好，仿佛就要嫁给他似的。

“不知道那位小姐到底怎样了。”

走了半天，铁岭默默的说。

李三麻子偷偷的看了他一眼，便同情似的，又有几分可怜似的突的不言语了。

“她住在那块儿?”

李三麻子尴尬的浑身一震，又独自嘻嘻的笑起。“自然有住的地方!”

铁岭冷冷的看了他一眼，想斥骂似的叫起来，“你要的什么宝?”可是他没有说出口来，他忽然的感到一种心理上的耻辱，他莫明其妙的想回去，他想马上转回身去，给李三麻子一个很大的难堪。

“到了，前边儿的小房子就是了。”

铁岭没答应。

李三麻子又突然活泼起来，“这夜黑古洞的，房檐儿差一点儿没有撞了鼻子尖。”

他又加着说：“哎呀，馋死人了，我的大母鸡呀，”说完就独自笑起来。

铁岭感到一阵厌恶的袭击，便转过身去，表示要回去。

“别走，”李三麻子拉住他。“我吃不了。”他有点慌，又担心他真个恼了他。然后伸出脖子，理直气壮的喊：

“妈妈开门。”

“那一个？”小小的茅屋传出女人的声音来。“那一个？”又接着用同样的语调催问了一次。

“我呀，我的鸡！”

“是了。”一个女人的声音回答着，有脚步声，门闩紧接着响起来，“差不多都凉了，我又煨起来，我知道你一定来的，方才我听一阵枪声拍拍的响，我知道一定就来的。”

铁岭听出是妇人的声音。

李三麻子边取笑着说：“准就知道打不死！”边就拉着铁岭往里闯。“我要死了，看你一个人可怎么办！”

屋里是光亮的，有着一个油碗点着，门窗都塞得很严，所以外面看不出灯光来。

一个瘦小的老太婆忙着给他们端灯，忙着给他们引路，心里是欢喜的，而且心中充满着兴奋，她嘴里急切说着：

“想是饿了，我给你们拿鸡去，还是热的，我刚刚用火煨着，我知道你们要来的。”于是打量了铁岭一下，就去取鸡去。

李三麻子狡猾的向铁岭一笑，然后向后边歪着一躺，就躺在粗木的木床上了。

“我说她不错吧？跟我的老妈妈一样。”

铁岭没响。只是嗅到一股鸡香，飘到面前来。有几分活泼起来。便想起来骂到：

“混蛋，你早不和我说清楚！”

“说清楚你便不想来了。”

“放屁。”铁岭还感到有几分不平。

李三麻子看他真的火了，便不敢再动弹他，只是嘻嘻的笑。“老婆婆，你怎只拿两支筷子来，你也一道吃，……好，我来用手吃吧，你们俩用筷子。”

老婆婆也坐过来挟一块嫩的，“不成了，咬不动吵，没福气了。”

鸡是又嫩又肥，在嘴角上流着黄色的油块，强烈的气味把铁岭蛊惑起来了。他挽起袖子，正经的坐得近些，好像要办一件大事似的。“妈的，得好好吃一顿——”丢了筷子，提起一只大腿来就往宽大的嘴里塞，白色的牙，咬在肉质的纤维上，在豆营营的光影下，闪灿出水母片一样的薄片来。

他忽然换过来，傻了似的笑起，“有酒吗？老妈妈？”

“有一点儿，可不是，我去给你烫热了来。”

“不用烫，不用烫。”李三麻子每个麻点都红涨起来了，抢着说。

“不用了，”铁岭也忙着说，仿佛要劫人似的。“取了来，在那儿？”他站起来自己起身就去取。

一个黑黝黝的木板上，写着“天地君亲师”的红纸的牌位，牌位上有着灰色的蛛丝，黏腻的缀拂满了尘土，以至像个陈旧了的珠珞似的沉落下来，那个陶制的酒壶，就放在这个上边。没等老太婆伸手去取，铁岭已经在她的背后把手臂伸出来，把瓶儿攫取在手里，那个蛛网被分裂了，一部份蛛丝被拉扯下来，拖成了好儿根腌脏的线儿。

铁岭把瓶子用手抹了一下，便对在嘴唇上喝起。喝了一口，便慰贴的大大的呼出一口喉气来，又重新来咬嚼着鸡肉。

老太婆看着他俩喝酒便说：

“我儿子大顺在家时，也能喝一两口酒，可不能多喝，年青人唦，都喜欢喝酒吵，大口喝唦，伤身体吵！”

“老太婆，你不要喝？”

“唉，我那有福气喝酒，这还是敬祝剩下的……”

“老太婆，你的儿子呢？”

“还不是当兵去了。”

“什么队伍?”

“我的儿子去年八月十一日来了一封信，今年五月初三来了一封信，六月十五来了一封信，都升了中士了。”

“你儿子驻防在那儿?”

“他是去年正月出发的吵，和东村的小二哥，李家的扁头嘛，说是愿意当兵嘛，是志——志愿兵，听说蒋委员长都传令嘉奖的嘛，人家念信我听，我耳朵聋啦……听也不清，可是，这些个他们没说我也听得清的，我也记得吵，我大儿子发痧死了，儿媳妇住不下了，领养芽儿找老公去啦。我就这个儿子嘛，可不是，就当兵去啦，……保甲长，那天，都还送的行，让我去看热闹，我不去，我一个快要死的老婆婆了，我晓得啥子哟，我儿当兵是千该万该，打小日本嘛，我不去，他们非拉我不可，我去了还讲道理，……我说我能说啥子道理哟，我就讲儿子当兵，作个一官半职，也是福天造化，要不然生在乡里，死在乡里，就和野草一样自生自烂了嘛，……当初有个梁红玉，是个女将，还会冲锋陷阵，起来杀敌呢，……他们还拍手！……我儿去了，去年八月十一来了一封信，今年五月初三又来了一封信，六月十五又来了一封信，我儿，……”

老太婆还继续着回答着铁岭的询问，用凌乱的叙述来描写自己的悲哀，以至等候他这样长久。又问李三麻子在战场上到底苦不苦，……

李三麻子“特特”的笑起来，把两只油手往膝盖上摸。

“他妈的……”他刚一开口，觉得这话头不对，“你老莫怪，说走嘴了，说话可不该这么说，这嘴得打，在外边这口福到那儿都有；……弟兄们买烧饼夹猪舌头，你老看怎么着，我就说，见一面，分一半……谁管他分不分呢？上去就抢呵，是什么东西都吃着啦。牛舌头，猪舌头，牛肝，猪肝，鸡头鸡脚……洋罐头，盒子肉，鸡蛋一五一十的吃……还有日本人送的子母糖，吃不下去往怀里装，装不下去往肠子里灌，他给你送上来，不由你不吃……”

李三麻子休息了一会，举起手来：

“你老想，这是什么玩艺……（他摇着手）我就吃了它一颗！……嘻嘻。”

李三麻子得意得很，好像吃到枪子是一种乐趣，手里捏着小酒壶，摇来幌去。他说了半天说的是枪子，可是那老太婆还是一点也不明白，很镇静的在那里听着问他：

“那到底是怎么回事呀……”

“那就是枪子呵。”

老太婆听不懂他说什么，他得意极了，把一个鸡头一口咬碎了。他一遇到吃的，那欢喜真是从心里说也说不出来。

“哎，手指咬了，还能捏酒壶。”

老婆婆问他：

“你要吃点饭吧？”

他摇摇头，他说：

“等一下等一下。再喝一点再喝一点。”

问了他好几次，他都说酒还没有喝完呢。他不怎样能喝酒，喝不了几杯，脸就红了。夜饭就这样从太阳要落山时吃起，一直吃到现在。

“这些在外边的人，真是见了东西香甜，唉，年青人也算不了啥。你今年三十几岁啦？”

李三麻子本来四十六七岁了，老太太这一问，倒觉得不好说出来。他把受伤的那四个手指伸出去。

“就是这四个。”

老太太又说：

“年青的时候在外边跑跶跑跶不算什么吵，儿女长大了也就好了吵。”老太太把话头一转，“可是你跟前有几个？”

李三麻子有点茫然了，连忙说，

“没有没有。”

“那么是你媳妇娶得晚。在外边的人成家太早也不好，你媳妇二十岁啦？”

李三麻子又说：

“没有没有。那不是人干的活计，……”

老太太接着说：

“在外边的人，成家成得晚点更好吵，东跑西跑的，有个家人就是两股肠，东扯西拉的……倒不如一人一手，走到那儿没有缠着的。”

老太太好像得到了结论似的坐在那儿满意的吃着一碗冒气的热稀饭。老太太又问他：

“你娘可多大岁数啦？”

李三麻子的女人是他自己用枪打死的，他想到这里恍恍惚惚的感到一阵空虚，回头想想，这都是二十年前的话了。那个时候是年青小伙子，可是现在也不老，活的照旧的健康……他说：

“打完仗，我也隐姓埋名，安安顿顿的到乡下修造一间草房，作一名太平百姓去，这样拖下去，算怎么一回子事，如何了局！那时候，一间草房，种半亩地的园子，养两口猪，……吃米挑柴，都是自己的。”

李三麻子是缺少一种自怜的感情的，不懂得体谅自己，哀怜自己，现在却有点了……他是个硬性人，受不了这个，“人不能动感情，感情折磨人！”他常常说他受不住这些，讲到这些忙就岔开了。

“我给你唱个莲花落，唉，这个玩意太俗气，我唱个雅的吧，其实我这个人更细致……我什么都经过，……我给你唱个热闹的。这玩艺儿全在字正腔圆，嘴儿连纷，水字格多，白字格少，箭上弦，刀出鞘，水打闸门，连珠细炮，你瞧，来了。”

“这叫什么莲花落!”

“这叫做关东大鼓儿，元帅得知，提令丁队儿，……”

“幸亏你唱着这么连纷，一连排儿像汤圆似的。”

“唉，咱唱了，老太太你不懂，算了吧，打道回府!”

他们两个喝醉了，揩着满脸汗水，回去了，用手揩着嘴唇，一直跑得很远，才把脚步放得缓和下来。李三麻子突然又忧郁起来，喝喝咧咧的唱起。

团部里乱烘烘的正开慰劳大会，是后方派来的代表用着很粗的喉咙在讲话。慰劳品陈列了很多，还有血红的两面三尖狼牙旗，突然的在眼前飘着，一面上边写着“师道为壮”，一面上边写着“为国干城”。

李三麻子一进门来便被大家围起来。

“三把头，唱个曲儿。”

李三麻子不知是什么回事，又加热，脸早涨得绯红，刚想溜出来，早被李参谋长拉住不放。

“我那里唱过，拉皮嗬!”

“唱一个，你看，慰劳品多么多，唱了的分着两份。”

李三麻子的心情本来是忧郁的，他想向人表白他现在的心情是不适于唱歌的，但是没头没脑的已经被人给弄到台上来了，他猛可的想起了，方才在老太太小屋里要唱没有唱的罗汉调儿，他本想跑下台去，但是怕人笑他，没等四边鼓掌的声音平息，他就唱起：

“般若波罗密多，萨婆诃惹法无边，镇邪魔慧剑高法炬燃，东边是大刀金刚紧握着龙泉三尺剑，西边是不怀金刚，高举着个提花锦绣万灵幡，南边是永铸金刚花胡哨浑身缠绕，北边是无量金刚怀抱个琵琶不住的弹，卷毛狮上端坐着五台山的文殊大士，长鼻象背驼着峨嵋顶上的圣普贤，惟有那南海观音慈悲广，净瓶内甘露普济在尘寰。……又只见十八罗汉在空中站立，一尊尊喜怒哀乐貌威严。长眉的，大肚的，有有无无全是道；含笑的，带愁的，色色空空尽是禅，执拂的，摇扇的，万里风云心不动；念经的，敲鱼的，一轮浩月性长圆；参禅的，入定的，清静光明无挂碍；闭目的，合掌的，虚无寂灭自了然。又有伏虎的风和月朗乾坤都静；降龙的海宴河清日月都闲。雪亮亮辨才菩萨讲透未来和过去，光明明燃灯古佛照徹三千与大千。笑呵呵大肚弥勒看破世间皆幻相，威凛凛护法韦陀永镇山门佛教严。乱纷纷声闻杲必字果优婆夷与优婆塞，齐整整一捧盂一捧杖捧珈叶对阿难，静沉沉释迦牟尼文佛如来常不动，空荡荡万缘俱寂端坐西方九台莲。白娘子颠沛沛心中暗想，从来慈善是佛老心田，我何不苦苦哀求，或可逃出此难，况奴虽是妖孽并无搅扰人间。正思量一声响似天崩地裂，钵盂儿中现五行八卦位按周天，外按阳八卦乾坎艮震巽离坤兑方向正，内按阴八卦休生伤杜景死惊开门户连；乾一阵乾为天，星斗迷漫天灿烂，坎二阵坎为水，江河湖海涌波浪翻，艮三阵艮为山，华岳陵皆撼动，震四阵震为雷无情，霹雳响连环，巽五阵巽为归，倒海移山迷宇宙，离六阵离为火，烈炎腾空上下连，坤七阵坤为地，大地尘寰忽混沌，兑八阵兑为泽，泛滥横流水势翻，五方旗展青龙白虎元武朱雀，居中是端端正正黑白分明太极悬。又只见千门万户虚实也难辨，天将天兵来往其间不等闲，王灵官手执金鞭光四射，李天王高擎宝塔貌威严。二郎神金面生嗔舞三尖刀，乱天犬在身傍乱吠，三太子八臂楂丫摆火尖枪，风火轮，在足下盘旋。哼哈二将白雾黄烟使魂飞魄散，二十八宿奇形怪状令人胆落又心寒。闪母风婆冷气寒光纵横缭绕，九天应元雷声普化天尊稳跨麒麟挥鞭把帅字令传。雪亮亮众神一齐施法力，任凭你千年道术枉徒然，忽喇喇走石飞砂狂风起，黑沉沉密露浓云不见天，炎腾腾烈火冲天高数丈，咕噜噜沉雷霹雳响天关。白娘子欲闯天罗合地网，怎奈那鬼卒神兵围绕严。一件件斩妖剑缚妖锁照妖镜捉妖瓶扫尽千年真怪物，一层层降魔杵炼魔圈释魔咒镇魔符消除一切孽根源，高耸钵盂变成了一座塔，冷森森金光护定半空悬，白娘子支持不住把原形现，是一条数丈的长蛇在塔下盘。”

“三把头，你还有这一手，搁那儿学的。”

李三麻子只想找个地夹缝子往里钻，那还顾得别人问，应了一声：“没娘的孩子，抱了过来，谁知道。”推开傍人就走了，背后哄起了洪洪的笑声。

别人的节目又开始了；群众鼓着掌，欢笑着，还爆发出愉快的口号来。

李三麻子，出得门来，看着俘虏来的轻机关枪，四五百只步枪，三百多顶钢盔，他在钢盔上用手指弹了一弹，便一个皮球似的跳了一下，就如那在阳光里晒热的铁烫了一下，他就跑走了。

第十二章

战争激烈的进行着，人的潮都向前冲击，人民的意识国家的生存都随伴着青春的血流，冲破了一切的隔阂，偏见，自私和懦怯。冲破了一切的闸口，冲破了敌人的枪弹火药，冲破了敌人的炮垒和阵地，向前奔流。

大地在震动着，它痉挛而且颤抖，如同不能忍受这过度激昂的大响。大地仿佛想跳开去，想跳到随便那一块清静的地方……

树林的枝叶都已经枯焦，枝叶都被烟火薰成枯黑，精致的鸟儿都已经飞到远远的青绿的林子里去了。只剩下乌黑的老鸦在炮火熄了的晨光飞出来啄食人肉。

爆弹爆裂的晨光使空气成为真空，田野里震起了白烟和硫磺气，生命在粉碎和撕裂……

东方透出混澄澄的红光。当太阳的光芒升起的时候，从田野里和混茫的江上腾起来的灰雾，便染上一层金黄色的薄晕。

雾沉到土里不见了，天空里洒满了日光。天又亮了，青草倒下来了，干枯的叶子，已经失去了一切的生机。天气比昨天还热。

云彩更红了，很晚很晚还不散去，好像晚上也非要把红色的余光映射出来不可似的。

热郁里大气沉默得像一个膨胀了的圆球，突然迸的一声炸裂了，接着飞溅出无数的火花，这一阵又打得乱七八糟，接着又是沉寂……夜里蚊蚋到处飞，因为炸弹口都积了发臭的水，绿头的苍蝇是要等太阳一出在地平线的那边露了影子就嘤嘤的叫起来的……，白烟缭绕着，低笼着地面，过了一会儿又冒起了一阵蓝烟。

我们的青年们就在这个战场上来保卫我们的土地。土地本来是散放着香气的，现在却散放着焦胡气，当她的年青的儿子们倒到她的怀里的时候，她还给他一种隐蔽……血流在这上面……真理被这些血流冲洗得更加鲜艳了……

我们的国旗一直插在这一块土地上，丝毫都没有动摇……因为这里每一寸土地都必须这面国旗在这里照耀才有光……

这大地已经给血液喂饱，自然的长出花来，使这大地结了应该有的实……

热的风吹过去……云片棉絮似的笼在地面，桑树矮矮的顶着纷乱的叶子，铁的爆裂声刚刚响起，蓝色的烟雾就飞腾起来……

蚯蚓长得肥了，但旱裂又把它窒死。赤杨零乱的纷离的闪烁着银色的叶子，松树在黑黝黝的坟地上低沉的长着，太阳越高了，天气就越热，苍蝇长得年青而力壮……

远远的江上的浮云，无意义的变化着，但是不管怎样变化，却都是带着青虚虚的一种白色，好像这一切的热都是从那白色孳生出来的一样……

冲锋号一响的时候，我们的队伍采取最灵活的姿式最快的步伐一直扑向敌人的战壕里去，白刃战马上开始了……

敌人立刻乱了，他们的军官挥起了指挥刀，把逃走的兵士连砍了两个，但是敌人的士兵还是逃，我们的军队看出了这个弱点，不等他们的队形恢复过来，就一直冲杀过去！……队形立刻乱了，敌人的指挥官现在唯一的工作，就是想保持一个最基本的队形，为使一有机会，便马上转过手来，把士兵整理成为一个作战的部伍，但是因为我们这边冲杀的厉害，使他的很好的计划，都完全无法实现……他们的士兵比方才溃乱得更加厉害，他们把枪支都丢掉了，想越过田野去，守住那边的小河，建立起第二道防线，和我们据河对阵……我们的向中心突进的部队已经夺取他们三挺机关枪了……现在那个敌人的指挥官已经感觉到他的原有的计划没有方法实现的绝望，他很机警的顺从了纷纷逃跑的士兵的倾向，索性下令退到河那边死守……

当他们利用泅水和橡皮艇逃到对岸的时候，我们便用机关枪从这边射击……侥幸的逃到对岸的敌人，立刻都卧倒下去，把机关枪架起，沉寂的一响都不发，严阵以待。只等我们这边采取攻势的时候，他们好仔细的发射……我们这边也只好暂且卧倒在小河的这边，等待时候到了，好相机而动。……

忽然之间，左翼包剿他们的军队，已经在他们的后边了，他们刚刚整理好了的队形，立刻又被冲散，这时候他们立刻意识这一次的惨败，确实是不可收拾的了。那个沉着的指挥官，他只得寻找出一个适当的角度，招集残余的军队向那边集合，这个军官是相当老练的，他非常沉着，不管在什么危难期间，他都能顾虑到来保留下他的战斗力，他的兵队成深纵向右边撤去。

但是我们的机关枪立刻就向河岸射击起来。

他们的指挥严正的把队容调理得清清楚楚……预备这边的我们的士兵继续的涌近……

他们用侧角躲过我们的火力，同时右翼向我们取反包围的弧线，一刻比一刻的加强，一刻比一刻的延长……使我们在河畔三汊口的一支队伍就感到了严重的威胁……

他们在左翼那边集中了炮火向我们阵地里轰击，使我们的军队必须集中了力量向那边堵击。明明知道这边有被人反包围的危机，可是因为堵击的不利，敌人就有被冲过来的危险……所以没有办法……

这时敌人的炮火更猛烈了，机枪完全取交射式的密密的集中起来。

这时大地被巨大的音响掀动起来，尘土虽然没有风也飞扬起来……树枝的残梗到处的抛掷着……

铅的和铜的铁片在半天空用白色炸药所放射出来的急度的速率在半天交织着，打在空气的波浪里震荡出刺耳的吼鸣……

云显得暗淡而且涩滞，江水都立刻变成血水……红色的尸体一个一个的漂浮下去……

世界完全沉没下去。一切都为巨大的声响所掩盖……

轰……

机枪不停的放射……敌人的战略相当厉害，他们右翼像一段长鞭似的向我们这边卷袭过来。……

轰……

敌人在右翼方面集中了他最好的兵力，……他的队形按照散兵线排成深纵的梯形，……他们瞪起了一切野兽的眼睛想向我们这边扑袭过来……他们作惯了中心突破的功势……大炮在左翼牵扯住我们一切的兵力。……使我们很难从容来应付这儿的战局……

这时热气都从原野里的每个土粒的空隙里钻射出来，热云郁郁的拢集在天空……河面上就是在正午也飘散着白瘴……汗腺拼命的向外排挤着仅有的一些水分……细胞都枯槁了……没有鸟雀在飞鸣，也没有蟋蟀，炮弹落下去的地方，连蚊蚋蝗蝻的卵，统统死掉……

这时敌人的包围线差不多已经成功……忽然他的炮位转移，从右翼向我们强烈的放射过来……他立刻就寻出来我们的一个弱点……前边用大炮压平了一条路，士兵就一齐冲过河来……

突然之间，我们的一支军队已经包剿在他们右翼的后边……他们右翼立刻乱了……因为他们没有想到我们会包剿他的后路，可是我们包剿他的后路了！

我们的兵队从前后压迫而来，火力至少超过他一倍，他们立刻昏乱了，立刻失去了再一次恢复起来的勇气……向四面溃散开去……

炮声用一种大的震荡在战地上平排着响下去……火线上就如一碗沸滚的汤，翻动着水泡油花菜叶和残肴，翻动着烟火，热气，白露……搅和着烦燥，惊恐和不安……我们的士兵偷袭到敌人的后面之后……敌兵的阵容便再也建立不起来了。……

我们的号声响了，是冲锋号。……我们的第二次冲杀一起……敌兵的指挥立刻拔出他的指挥刀，用力的挥舞，他想用最后的号召来争取他的不可知的命运……但是他立刻倒下去了，虽然他指挥刀的光影还在眼前闪烁，他的士兵给了他一枪……

李三麻子第一个冲过去……

跳过壕堑他就倒下去了，重大的脚步，从他的头上踏过去了，他已失去了一切的感觉。他不能站起来了，更大的力量在他的身上进行着，胜利的攻击从他的身上通行过去，丝毫没有什么阻碍，……他仿佛一点痛苦的感觉还都没有准备，人便从他身上踏过去，他昏迷过去。

人踏过去，在他已经失去了知觉的肢体上发生着强烈的痉挛。

第十三章

连长很吃力的在讲话，脸色红红的。

李三麻子也坐在那里，一边听着连长讲话，一边用手偷着捉飞蛾，他捉的很技巧，致使人们都不觉得。他坐在那儿仍然像个阴谋家似的不怀好意的坐着，听着人说话便“磕磕”的笑着，有时便把舌头伸出来把胡须的尖梢扯到嘴里嚼着，像在嘲弄一些不相干的人似的。

铁岭一看见他就眼红了，他没想到他会那样平静的，在他好像什么事也没有发生过一样，在别人也许已经被踏死了，但是他是铁做的，他全不在意，好人一样，铁岭料错了，以为他一定也和自己一样，不是颓唐，便是痛苦，一定要精神萎靡下去的，那想到，他仍是元气盛旺的。

这些统统引起铁岭的愤怒，简直没有人性。

他感到李三麻子的无耻，可恶，可恨。

李三麻子𥉂着别人不看见，又静悄悄的把一只飞蛾捉在自己的手里，他并不以为有人在侦察他。所以他对着自己神不知鬼不觉的游戏，忍不住的又“磕磕”的笑起来了。

铁岭感到澈骨的憎恶……“铁岭同志是了不得的……”什么人在说着话，他濛沌的听着心里就痛裂起来。

李三麻子又在手中捉了一只飞蛾，这一只大了一些，他没有能把他的翅膀把握住，所以翅膀发出拍拍的挣持声，连长感到有什么异样的响声，便转过脸儿来看了看，李三麻子本想赶快把飞蛾放了，但继想要放开飞去，连长一定看见，便索兴用手把他捏死，弄了浓浓的一手燐粉。

有人说：“三把头，好久没听见你的歌，耳朵怪痒的……唱一个吧！”

李三麻子连忙忍住了“磕磕”的憨笑，捽去了手上的燐粉，正正经经的坐着。

“会吗，那么唱一个吧，不要紧的。”连长很严涩的回顾。

李三麻子又恢复了“特特”的笑声，只不讲话，向后面萎缩了一点儿。

连长刚想继续要说一些什么，便有勤务兵过来，说团部来了电话，请他过去。

连长请段连附替他继续招待大家，便又说笑了几句，退席了。说：“本来还想报告一些事情，只有随时向各位同志请教了。”

“喂!”有的人顿时就纷纷的闹起来了，有的喝醉了在地上翻筋斗。李三麻子将手中一只肥大的飞蛾向连长的脖颈扔去，连长连忙回过头来用手去扑。李三麻子得意的大笑，铁岭过来就给他一个嘴巴。

“同志，规矩些吧，吃酒吃肉，有你的，打仗就没这等劲了。你为甚打人?”有人站起来指问铁岭。

“谁说的，说给谁听的，昨天晚上你一个人摸来几个西瓜?你数数看……别枉口拔舌……咱们比试比试看……嘻嘻!”那边人根本没有看见铁岭“打”了李三麻子，依然闹得乱纷纷的，还有人在地上竖蜻蜓。

“喽，凭你有什么本事，打仇人还不如打自家人卖力气!”一个小列兵愤愤的在说，说完便用眼睛溜着铁岭看，有几个人的目光也都向着他看过来。

铁岭全身像通过了电流似的，痉挛的一震，便想逃走了。而且又不好意思说出来他打了李三麻子的真正的原因。

一个姓张的大个子，便伸出大手掌来去按住酒壶，对小列兵喊："喂！小兄弟，你还没有入川呢，就先气得和一只蜜老鼠一样，算了吧，讲点正经的吧，我听人说，咱们在江西训练了四个师，通体都是机械化部队，预备反攻时用的，委员长说二年后反攻，是总反攻……这个师都是独立旅，每个连都可单独作战的，兵员都是中学生大学生，中国不会亡。"

"……那个龟儿子说中国会亡来着，你就心虚，在这儿放屁！"

"老张，今天夜里摸西瓜去呀，红子红瓤，好大的西瓜！"

"别打岔，你听我说，我们的机械化部队，连用还没有用过一次，咱们作战，不比得日本，他是没办法，不拿出精锐来不成，可是咱们好的武器还没显出来呢，等他打得筋疲力尽咱们的精兵才出头，给他一个当头炮！我们现在是消耗战。"

"铁岭，你说……铁岭同志哩，铁岭同志，怎么开小差了……跑走了?"别人看着李三麻子笑。

李三麻子脸忽的一张红布似的红起来了。

“你们俩不是挺好的吗？秦琼，静德，好一副大门对儿！”

李三麻子又不好意思似的，又无意义的发出“特特”的含着一点儿愁苦意味的笑。

十八岁的小兄弟，看看铁岭不在，便笑着说：“铁岭人不好。”

别人都追问他原因：“为什么呢？”

“不能说。”

别人都哈哈笑起来。

小兄弟连忙慌乱的补充着：“他人冷冷落落的不干脆，没有真哭真笑。”

“呀呀，那还是我们的三把头能有真哭真笑！”段连附耸着肩膀说。

“你看他呢，‘他’有真哭真笑吗？”

“‘他’好吗？”

“你喜欢‘他’吗？”

“这‘人’好吗？”

大家都逼着小兄弟问他，问他喜欢不喜欢李三麻子。

他摇摇头，说：“他是什么东西！”

大家又都轰然的笑起来。

有人记得起从前的事来的，便追着问：“是不是他想搂你睡觉，你不干？”

小列兵站起来，两个人又扭打在一起。

铁岭肢体似乎暗暗在分裂，他整个的心情都跌到恼丧和困惑的涡漩里，十分的苦痛着。

他酩酊的晕沉着，舌板僵硬着，眼痴滞的直勾勾的在寻觅着一种不可把握的什么物事。

他像一座年久的朽腐的大塔，就要在狂风暴雨的袭击中崩溃下来了，他就要离弃他的每块砖，每棵草，每个缝隙，每个棱角，每粒土质，而要走向颓圮，损坏的沉渊里去，从此将要一蹶不振了。

他从会场跑出来，一个人也没招呼，便一滩泥似的飞落在一个无人的去处，跌落下来，永远爬不起来了。

他的周遭是什么地方，他全不知道，周遭也许有舞动的花草，也许有响尾蛇的声音，他也全然没有感觉，沉湎的懒惰的惺忪的震荡在一种似睡非睡的洄漾里，他沉重的晕眩着，短促的呼吸着，跌入到一种无欲望无要求的大的混漩里……仿佛晕厥似的在那儿躺着。

悠浮的他好像飘落了很远，又轻绢似的缠绕在什么柔软的东西上，捆缚着，挣扎着，幌荡着，吹拂着，缱绻着，绻折着，拧搅着，摆拂着，震抖着……然后仿佛全身突然的热了一下，又向上飞浮去了，眼前充满了金星，火花和线条。……

如同睡着了一样，他沉入一种睡眠般的安静里，他身上感到一丝安适和恬静……一种洗去了他的倦怠的失眠样平展的感觉散落在他每条血管里和肌肉的纤维里。

他静静的孩子似的呼吸着，把四肢伸张开在躺着……

第十四章

只有在李三麻子受伤那天他们两个才和好。

铁岭亲自到野战医院去看他的同伴。

门房问他找谁。

他很清楚的告诉他，他要看李三麻子。

但是那个门房和他捣乱：

“人一出娘胎就有姓，名可没有，名是后来起的。李三麻子是他脸上有麻子，是不是，麻子是出天花落的，不能算是名，这里人多，你上那儿找去，三十二张牌，你怎能那么容易就起着了‘大夫’？”

那些人挤挤搓搓的围着铁岭，来看热闹，铁岭本来又想一掌打开那门房，又想清清楚楚的告诉李三麻子的真名实姓，可是都觉不好，只是什么理由也不说一定坚持要进去，后来那个门房没有法子，只好不耐烦的说：

“随你进去算了！没有见过这样的人！”

铁岭一进了医院才好像第一次结触了战争，那在路上看到的荒原，土坡和大江，现在是消散得无影无踪了，一路所想起着的，大雪天，白兔子，火红的狐狸，公牛，马莲花，白桦树。现在也都远去了。这里只有伤兵。

铁岭挨着病房找遍了，找不到李三麻子，于是他心里就更烦乱起来，他疑心李三麻子一定……或者不是那么的……就是重伤，一定轻不了。

正在这时候，从内院往外抬着一张蒙着灰毯子的担架床，毯子下面蒙着一个长拖拖的人身。铁岭要上去打开看看，那担着担架的两个弟兄大脚大步的两步三步就走过去了。恰好他面前走过一个围着白巾子的女护士，他就要开口问她了。他冷冷的看了那穿全白的女人，他便站住了，他一直看她推着手车，走过一段甬道，又拐过一段短竹篱，回身在一个绿色的门帘里消逝了。他全身发着烧热，好像记起了什么似的，直到另外一个穿白衣的女人走过他才记起来移动脚步。

所有这医院的人似乎没有一个晓得李三麻子的，女护士摇摇的走过去一个，又走过去一个。而且他突然的感到李三麻子会是死了。

铁岭一直走到站着门岗的二层院子，二层院子的病房的门都开着，不像外院似的那样乱糟糟的，这里除了呻吟声之外，再就是沉默了，沉静静的十足的沉默。仿佛谁都知道他的同伴在那里，可是都不忍心去告诉他。两边对面的东西厢房，都是花格子门窗子。檐镂窗还是很讲究的刻花木工，云子卷和万字刻得细细致致。院中种着两棵天竹，不很高的两棵天竹上都结了红实实的小粒。这伤兵医院铁岭是来过的，上次他来看过卖碗的。但重伤的这部分他没有来过，院子里如此特别的静，仿佛给了他个新奇的感觉，好像他是来到出门好久了的朋友的家里，觉得很熟识的样子，把什么都看了一遍，那房檐上还挂着一串风干的金黄的老玉米，铁岭想这房子不久以前是住着人家的。

铁岭伸出手去，打开了正房的门，穿着白手术衣的医生和白围裙的看护都向他把眼光直射过来，都说：

“谁让他进来的？”

接着那些人就喊了门岗，门岗催促着把铁岭赶走了，问他没有入门证怎么能进来的。铁岭已经走到外院了，还听医生在申斥着门岗，说门岗是负什么责任的，重伤部能够随便让人走进来吗？门岗想监视着他一同出去，但是铁岭更加激怒，他甚至想骂那门岗赶快离开他，门岗还想盘问他的时候，他就把手溜弹捏在手里，（这种事在医院里常常发生的）门岗连忙逃跑了。

重伤部是最后的一部病房，铁岭气恼羞辱的退出去之后，除此他不知再走向什么地方去。李三麻子究竟在那里，他是一点也不知道了。

他顺着大门廊再走出来，十几里之外，他又到了他的另一个野战病院。他彷徨着，他前思后想李三麻子到底是那里去了。他心上起了悲观的念头。有人用手从后面蒙住了它的眼睛……铁岭挣开了……两人大笑起来……闹闹嚷嚷的就在医院里叫着……跳着，把上下房的病人都搅出来看热闹。

李三麻子说，这是轻伤的部份，一边说着一边要带着铁岭到别的房间去看看，铁岭推辞了，没有去。于是李三麻子站起来拉住一个十六七岁的小兵，扯着他的耳朵：

“老弟，站到这边来，给大家做个目标，让大家看看吃的胖不胖，像不像个小胖猪。”

那小兵擦了一下鼻子站到屋子当中，面对着铁岭，脚尖差点没有踩到铁岭，铁岭难为情的连看也不去看。小兵怔怔的站在那儿。

铁岭看李三麻子又毫无拘束的开起玩笑来了。但是自己还依然是很阴郁的。

至于铁岭找不到李三麻子的经过，一直到现在还没有机会说出来。更谈不到再说别的了。

铁岭想明天后天再来谈罢，同时铁岭觉得已没有什么话要说的。好像他一看到了李三麻子就激动起来，一坐到李三麻子的旁边就慌乱了。那怕李三麻子怎样出丑，他也还是和李三麻子一道的，铁岭从这一次，他才发觉了自己是这样的。

他打了李三麻子的那回事，在李三麻子心里根本就不存在了。但是他却为这个痛苦万分，一直到现在他还在忍受着这种痛苦。

他从医院里面出来，黄昏以后正是雀朦眼的时候。他感到非常轻松，好像洗过澡的人从澡堂里走出来的一样。觉得李三麻子的轻松给自己一个很宽阔的地位。他一个人沉思的听着自己的脚步，又想着自己一切的过去。

离得很远的灰茫茫的大江，无声无响的在那边躺着。铁岭把脚印在那已经被人踏得混乱的大道上。他走得离营房二里路时，就听到营房里的号声，那声音是渺远的，清脆的，滴滴答答，他辨别出来，已经是息灯号了。

于是他才想起来，他还没有吃晚饭呢。但是他想不吃也就算了。回到床上就睡了。睡得很沉。

铁岭又去看李三麻子的时候，他给他买了两串冰糖葫芦，那东西红得又明又亮，和红玻璃似的闪着光。他简直就走到李三麻子的病房去了。李三麻子正在铺上睡着大觉，不等铁岭招呼他，一听脚步声，他便翻身起来了。虽然他的伤不怎样重，他的身体很好，但多少有些虚弱，在睡时头盖上还出了点汗，他一边用手掌心抹着汗，一边问着铁岭：

“你买这个干啥，你吃吧，我在这儿什么还缺，不是有的是吗？……谁吃什么，我还不分他一份，还有我吃亏的时候？在这里头，口福不错，什么都吃遍啦，中国的，外国的，还有用飞机运来的，从前听也没有听说过的……”

铁岭分给他一串，李三麻子拒绝了一下，也就把糖葫芦吃下去了，吃到最后的一棵，他用两只手搓着那竹签，把一个在顶尖上的糖葫芦滴溜溜的转了半天，转完了一张嘴又吃下去了。然后用竹签的尖头来剔牙齿。牙齿因为发酸，他剔一下痛一下，他就大口的吸进一口风进去，觉得不对劲，就把竹签生气的丢在地上。

铁岭常常来看李三麻子，买给李三麻子豆腐脑吃，那豆腐脑上浇的材料有辣油，葱花，酱油，醋，也有的上面再抓上一捏油炸黄豆粒，这黄豆粒是向买主问过要不要才抓上的，问着铁岭，铁岭说要。又问要辣油不要，他也说要。他说：

“什么都要，你放罢。”

什么都放全了，铁岭就端着豆腐脑往医院里跑，他的性情本是粗莽的，跑起来碗里的豆腐脑不免就要东荡荡西荡荡。

铁岭把豆腐脑端给李三麻子，说：

“咱们在山西吃的那豆腐脑你还记得吗，只管加醋，酸的要命，别的材料什么也没有！没有这个好吃！”

李三麻子接过碗来一看，里面还有油虎虎的黄豆粒，他着急的上去就喝了一口，这一口，豆子倒没有吃着，可烫了够受，但是为了卫护自己的自尊心（李三麻子也有自尊心）可还不吐出来，仍把豆腐吞食下去，这才连忙呵呵的把舌头伸出来给铁岭看。

“你看这舌头是烫脱皮了吧。”

李三麻子用手抓着舌头，可是一说话舌头就往里边跑，李三麻子又纳闷，怎么这舌头一被抓住同时就不能说话了呢？它越跑，它越抓，到后来他才明白，舌头说话是舌尖卷动着才说的。他把舌头放开，骂了两句，又去吃豆腐脑了。铁岭劝他冷了再喝。

李三麻子的吃法，是纯粹用嘴唇往里边抽，所以喝得嗖嗖的乱响，一直把一大碗都喝得连汤带水一点也没有剩。

铁岭看他喝得很香甜，问他还喝不喝，他说不喝了，忙着扯起衣襟来擦着嘴唇和鼻子，头上也冒了点汗了，于是又擦额头。

有一天铁岭端了一碗杏仁粥往里边走，那粥实在热，他的手本来是不怕烫的，但是怕了。他从左手换到右手，从右手换到左手，刚要端到李三麻子的门口，粥碗却掉在地上了，把碗打得粉碎，满地摊开了杏仁粥，铁岭着了急上去用脚便在杏仁粥上乱踏，好来解恨。坐到李三麻子的旁边时他一声不响，好像和谁赌了气一样。铁岭生性是这样的，李三麻子是晓得他的，所以像没有看见似的，李三麻子全不问他，只是闲说：

“你发了饷吗?”

铁岭没说什么，只是摇摇头。

那一天铁岭坐了一会就回来了。

铁岭好几天没去看李三麻子，又过了七八天才来的。这一回他一看，李三麻子是胖了，两腮往两边挣挣着，头盖胖得发亮，把眼睛也胖小了，他看到铁岭，他就从贴身的腰包里取出来十元钱的钞票往铁岭的手里放，铁岭说：

“这是做什么?”铁岭红了脸。

铁岭百般的不要，李三麻子又一定要给他，闹得几乎要争论了起来。

“你拿着吧，拿着去剃个头，洗个澡，……在这里边是什么也不缺，不比在外边。”

“你这个人，忒撇扭，让你拿了，你就拿了。”

铁岭把钱掖到腰包里，眼睛并没有看那钱。拿了病人的钱，铁岭觉得十分不好意思，李三麻子提议到外边去走走。

“这几天你没来，看我吃胖了吧，我吃啦饭就到后边那旷场上拉屎……”

他们来到了医院后背的旷场了，靠着医院的小竹林，沉敦敦的在秋天里仍长着密实实的叶子，医院周围的人家不很多，就是多也逃空了。所有的房子里边没有女人了，没有孩子们，除了军队上的人，就是些做小生意卖零食的。鸡鸭的声音听不见，麻雀和鸽子也不飞，战争的气味把它们都撵走了。

铁岭看着地皮上被蚯蚓翻起的一小堆一小堆的土，他想这地是很肥的。他检了一根草茎在地上划着，那草茎是很细的，划了一下断了，再划了一下，又断了。

李三麻子的脸，溜滑闪亮的，他看着遥远的大江。大白鹤就在身边的竹林间悠然的打动着翼子，飞上去，飞上去，又沿着弧线落下来。

铁岭打算谈一谈他的心里话，他的话不知道怎样说，但他的感觉是充实的，内心里充满了对于善的喜爱，对于恶的憎恨，觉得今后的做人，要定一个方针。希望李三麻子和自己都能有些长进。

他举起手来，把脸遮住，不看李三麻子的脸，像似自言自语的说：

“人总得有个分寸，好的就要，坏的就应该丢掉……”

李三麻子仍然望着大江，铁岭又说：

“我今后，他妈的……不再糊里糊涂，我要……我他……妈的再糊里糊涂了，岁数也不小了，该抱孙子的年头了！”

铁岭再往下就更说不出来什么了，但也不回过脸来看李三麻子。前些日子他把李三麻子打了，过后他躺在大地上的那种心情又来在他的眼前。一切都是鲜明的，带着生的气味的，他要扑过去，在大自然里把自己舒展开，对着工作他也怀着这样的热望和痛苦。

铁岭疙疙疸疸的说了这么几句话，李三麻子并没表示什么。反而是铁岭自己感动极了，他站起来，迈开步就走了，连头也没有回，一直走了老远，李三麻子还把视线钉在他的背上。

“这小子又来他那股子邪劲儿了。”

李三麻子刚想笑，便收住了。他想铁岭是个好人，他站起来，拍拍屁股上的尘土，不由的吹起口笛来。然后走到医院去了，一边走着一边托着那只用白绷带裹着的左手。

第十五章

在第二次冲锋的时候，这回铁岭却真的受了伤……他的伤很重，已经接近了死亡，医生摇着头对他的生命表示绝望。

他已到了无欲望的状态，他不能言语，也不想言语，他不能吃喝，也不想吃喝，他不能感觉什么，也不想去感觉什么，他的亲爱的或憎恨的情感都已失却……他也没有求生的愿望或者在时间上安排任何一种目的，他不必去控制自己，也无所用其控制，他的每个骨胛和每个骨胛都已脱离，接近到他自身上的刺激，也不够唤起他的反应，他不悲哀，也不快乐，没有什么恐惧，对于死，那黑刁刁站在他床前的死，一点都想像不出。

但他却被死亡给捉住了，第一次被死亡给捉住。他却一些儿感觉都没有，或者说，就是他已经死了。

死与他保持着什么一种距离很难说，或者说他和死已经合一，但是死却不能给他以什么，他什么都还没有改变，除非他陷在极度的昏迷和谵语之中。

他的热度一刻儿一刻儿的增高，所以他的昏乱也加强。他的脸烧热，鼻孔裂干，咻咻的喘出滚烫的呼吸。眼睛没有光彩的直视着，有好几次大夫用手在他眼前幌来幌去，他却一点儿也不知道，眼睛还是没有光彩的直视着。

他不能说出他内部的痛苦，所以别人都以为他在死亡来临之前确乎是非常安定，他的身上每个骨节像被扯裂着那样起着疼痛，因为他有时起着局部痉挛，他的血液有时也块样似的泛起，在他皮下组织里突出些异样的泡儿来似的，使他身子发着高热。

有时血液突然的一汹涌，使他跌到金黄色的漩涡里去，于是他就机械性的乱说起来。

医生对他的生命据点很难理解，不知他什么时候会和存在脱节的，医生只是用听音器记录他胸膛跳动的野狂。他的血液里已被注射了多量的食盐水了，但仍不能把他的生命冲浓。

什么东西在他眼前就同时变成扁的，圆的，浑洞洞的，蠕动的，暗黄的，软体动物样的，邪迷的，邋遢的在周遭转动，而忽然的又都同时的改变成为放射状的，针刺的，梭形的，刺着他的每个关节，他全身通过一次剧痛，他的全身抽缩在一起，身体变得小了，于是汗水分泌出来，把每个细胞塞起，而又膨胀了。

他的全身都在漂浮，震动，他在做着噩梦，胡乱的说呓语。

恍惚间，他仿佛回到家乡了。

山也是白的，水也是白的，林木也是白的，大地被霜雪封锁着，连一个生人的脚印都没有，松风在头顶上奔啸。忽的一只狼从白森森的林里窜出来向他扑来，他想一只狼来的正好，便端起了枪，对准了嗙的一声响，什么都没有了，一团漆黑，还夹杂着火药气味。他猛的听见身后有蛐蛐喳喳的声音，他连忙回转枪来，便看见有两只红火，四只，六只，八只……他断定是些什么怪兽的眼睛，便不管三七二十一轮起枪来便放……嗙嗙……他的身后发出还是蛐蛐喳喳的声音，他仍然鼓足了勇气，对准了那怪样的红火开枪，但是那鬼祟奇怪的声音又来了，又老是在后边窜来。悉悉索索的声音更多了，还有咳嗽声，呻吟声，骂詈声，吐痰声，咀嚼声，碎骨的研磨声，拘挛声，垒惑声，白齿的锉磨声，……声音泡沫似的在四周涌起，前后左右，南北东西，……都是声音了。铁岭慌了，把枪乱放起来，于是顺着火线却爬起红毶毶，他的冷笑，唧唧啾啾尖声的笑，否定一切的笑，辉煌的笑，带走带说的笑，夜半时清风白月，林园里突起的一种鬼魅的笑声，光滑滑的笑声，带点黏性，沾沸了他的一身，缠绕着，一忽也不放开。

忽然又是一个老婆子，在咳声叹气的数落他，像在小屋中灯火下的一个贫苦的老婆子，又像自己的母亲，说他少了这个，又少了那个，又少了一些说不出的，又少了一些反正是少了的，又少了些什么他想要的，又少了他自己没有的，又少了他不该少了的，又少了他少不了的，又少了所少了的，可是又多了些个什么，她说的话铁岭简直不能明白，而且自己觉着身子在累赘着他，他的手也是多的，脚也是多的，这都是应该诅咒应该埋怨的，他的胳臂也是多的，他的脖颈也是多余了的，不应该生得那么粗，他的头也是多余的，还多了眼睛，鼻子是多了的，嘴是多了的，牙也是多了的，不该长舌头，不该有大牙，耳朵都是多了的，……那声音念念叨叨，……铁岭挣扎了一身大汗，骂一声：

“去！”

那声音还在念叨，符咒似的封锁着他。声音顶可怕，他什么都不怕，就怕声音。他拿了枪，可是声音把他的手弄软了，他拿不起来，于是他也用大声来喊：

“追赶哪，消灭他，不要放他过去！”

突的那念念叨叨的声音都没有了，窜出的是一种草色的怪兽，身上都光滑滑的，带着毒痰样儿的浓浆，都是背影向他贴近，他大喊一声，他们转过脸儿来，都是一群敌人，敌人都过去用手摸他，拧他，呵他，撕他，扯他，拉他。忽然李三麻子来了，他喊一声：

“三哥，救我！”

就醒过来了，一切的幻梦都消灭了，他汗淋如雨的躺在床上。他摸摸心口窝，是带着他的同伴送给他的新表。

旁边的切着他的脉搏的大夫的声音在说：

“他还要活的。”

他渐渐的清醒了，好像自己突然的就健康起来。他说：

“让我起来！”

两个护士过来善意的按扶着他，劝慰的说：

“你还需要休息的。”

“让我起来！”他的眼睛直视着，发着直光。

他们固执着他还需要休息。

铁岭什么时候进了医院的，他自己不知道。他受伤，伤在那里，他自己也不知道，可是他从床上站起来，倒下去，轮着胳臂，跳着脚，天刚濛濛亮他就闹起来了，他要起来。

铁岭睡在医院里一动不动，舌尖是干涩的，头顶冒着汗，眼圈黑洞洞的沉下去了。

他受了什么伤，他自己也不知道。

他分明记得那夜他们进攻那个小镇，他在执行着班运动的一切命令：

"步枪组目标——白石前方的土堤——瞄准土堤的一边——四百公尺——连续放——""步枪组目标——小红树旁边壕沟的散兵——四百公尺——黄桷树右方的机关枪瞄准点目标左方，六百公尺——各放——""步枪组目标——茅棚左方的机关枪——四百公尺——各放——"

他在依随着地形来疏密着自己的弟兄，然后用呼声策动着弟兄的运动，他仍然按着他的老习惯走在最前面。他们因为进攻的猛烈，枪弹的还击已经不够用，于是便跳到敌人的阵地里肉搏起来了。刺刀发挥着最大的作用。

他腰中带着三只手溜弹，他抛到第三只，他便倒下了，他清楚的听见耳边人声在喊，毒瓦斯，毒瓦斯，他想已经交手了，不会的——思想一中断，他便受了致命的一击，所以跄跄踉踉的倒下去。

如今他刚一醒转来，他便不能忍耐，他喊着，他想起来，他要出来进去的到各处看看，或者拿着枪放一放。

别人都嘘着一口气在揣摩他的心思，好来猜出他的举动是不是病人的错乱。

他们终究压服下他去，给他镇定剂吃，使他又好好的睡着了。

隔壁的房间有慰劳团的代表在演说，但是他已经听不见：

“最近我们在前方访问的结果，知道我们的士兵不但具有抗战必胜的信念，而且各战区官兵上下具有收复失地惟恐不速的心愿，……此外还有一个显然的进步，就是军中各种技术的进步和执行命令的澈底。便从民气上说，……汉奸的无耻阴谋可算是非常猖狂的，但我们同胞誓死不屈的正气，只有随着汉奸的引诱胁迫格外提高……本来携眷避难后退的民众，遇见军队，就有自动回到前线引导军队杀敌人的，有自请加入队伍，奋勇作战，受伤不退，以致殒命的，……军民协力，不分彼此，……”

似乎是人的讲演声，又似乎是清楚的广播声，铁岭听着朦胧里感到反正那种声音是善意的，是振奋的，虽然听不清是些什么，但因此也就平静下去。

李三麻子在路上被一块硬泥土绊个筋斗，他起来说：

“他妈的，你也欺负我，你看我成了残废啦，他妈的，小日本不是你爷爷，你跟他里迎外和。”

说着迎着风挠着自己的头发，就莫明其妙的嘍嘍的大笑起来，然后用下嘴唇吮着上嘴唇，很力的一抽，弄出波波的响声。他又转了个圈向四面搜寻着，看看还有什么可玩的可谈的可笑的没有。看见没有了，还是踢着尘土向前走了。嘴里喝喝咧咧的唱着：

“那个山上不种地，那个地上不长瓜，那个头上不戴花，那个人儿能够不想她。”

李三麻子摸着自己的胡楂，用舌头卷出“特特”的声音来。

“前边跑着一条狗，后边跟着一个猫，娶个媳妇哭啼啼，……三天两个蛋，两天一窝鸡，生个儿子尿裤子……”

李三麻子往远处一看，那里可不真的跑着一条狗。

“说着曹操，曹操就到，还没点名，你就来啦，他妈的……着镖!”

一个大泥块飞了过去。

“我打断你这小狗腿，你这狗，你要逃啦，你别给敌人通风报信去!”

那狗本来是弓着腰，眼睛是红的，毛根是倒竖着的，尾巴是拖着的，毛儿都有点发霉了，很久没有接受过太阳光样儿的，就是出来大概也常常是在夜晚，所以李三麻子一恐吓，它马上又隐没下去了。

李三麻子追上去，扑了个空，狗不知从那里跑走的，就和在空气里隐去了一般。他打了个冷颤，觉得有点鬼气。

“咦，莫非我看错了不成!”

他用力的瞅着眼。

“难道是眼花了不成?”可是手里分明还在拿着泥块。

正在恍惚迷离之际，忽然听到有人叫他，他连忙转回身来，身后什么鬼没有。他的圈子转得太大，一时立脚不定，险些儿没跌一交。原来人已经走近，因为他只顾往远处看那只狗，所以身畔的动静都没有知晓，等他从新转了过来，便发现那人方才就是和他面对面儿。他细看是个长官，赶快就来个敬礼，他的脚根还没有站稳，差点儿跌个筋斗，所以又鞠了一躬。

王营长比比划划的告诉李三麻子一些新闻：

“邵阳和上饶的机械化部队，已经操练完毕，就要开到武汉来，用坦克车助战。还有……飞机又来了一大批，都是从兰州飞来的。外国顾问说我们中国人驾驶比外国人灵……”

李三麻子一听，就得意起来。

“可不是吗？中国人一个顶他俩，就像咱们的航空员吧，弄起飞机来就像放风筝似的。”李三麻子“特特”的笑起来，喜欢得几乎站不住脚了。

王营长过去了，李三麻子又走他的路，远天蓝得灰淘淘的，脚下的土地特别松软，松软之中还带着潮湿。李三麻子把脚根在地上拧着，走几步转一个圆圈，把地皮拧一个溜圆的小窝，他好像小孩子似的前仰后合的。就这样他来到了他干娘的家里，一进门那老太太不在屋里，门是开着的，小黑猫蹲在针线篓子里，看他走来，一动没有动，把眼皮睁得圆圆的，好像麦粒似的长长的瞳仁在眼珠里直直的立着。

李三麻子提着猫耳朵把猫拉到地上，问它："把老太太找了来。"

李三麻子等得不耐烦了，手和脚都觉得没有地方放，正在这时，老太太回来了，手里提着一桶水，看见李三麻子她就嚷着说：

"来得正好，我正预备了鸡！"

李三麻子一听了，就钻到屋里，寻到桌上，撕起鸡来就吃，……

老太太过来一手捉住了他。

"不许你吃，这是给铁岭的！"

李三麻子立刻红了脸，把吃了的一口鸡肉吐出来……然后嗫嚅的说：

"我知道，铁岭住的医院，我送你去看他去！"

那老太太说："那个叫你送，我都去过了，看护小姐说鸡最补养人，我才作了鸡来！"

李三麻子“特特”的笑着说：

“活该我倒霉！”

“你也没有受伤！”

“受伤也没那个福气哟！”李三麻子又像开玩笑又像认真似的在那里沉到沉思里边去。

…………………………………

他突然的坐起来，就如他预先和土地约定好了到时候去呼醒他一样。原野在他的周遭仿佛呵呵哈哈的在回答着他。他的朋友，重新看到他的面影，想使用出一种温和的声音唤起他的注意。

阳光从天空上洒落下来，天地是明亮的，而且蓝汪汪的。土地如同变得柔和了，变得和春天一样。远远的斧头和树木的磕碰声，透出静静的碎响。旷野回合的在震荡着，似乎为一种声音所迷醉。旷野起着轻轻的颤动，相同一个颠簸的摇篮，他睡在上面，很久很久没有听到过的犬吠声，也听到了，鸡也在鸣着；似乎微雨初晴时候的光和影一样，……有一种清新的气息在旷野中摇幌。……

在一个明亮的早晨，铁岭站起来了，仿佛一个新人似的他站起来，他脸庞上带着一点儿阴森和狠毒，他站起来了，好像比过去什么时候都勇猛，仿佛比他过去什么时候都更聪明。

他又清晰的可以辨认出第一声的炮响，在地的那头或者就是在菜园的那头隆隆的震响，他在短竹篱上随便摘下一朵小花，在手上捻着，便迎着阳光走来了。

大江在远远的奔流着，白茫茫的一片，仿佛反光过于强烈的吸住了他的眼睛，他把手遮在眉稍上向远看，他仿佛起着一种要吻着泥土的心情，他闻出了泥土的芳香，他看着燕子飞，麦穗倾着，水凫也飞起，风蛾也飞起，硫磺气味里阳光也是明亮的，山葡萄的蔓儿散乱着，浅浅的小河沟畔，芦苇稀疏的伫立着，圆圆的白色的石笋尖尖的在水崖突出着。

大江带着奔泻的生命淌泻过去了，白色的蛤蛎肉似的水花泛起，大江涡漩着，蜿蜒着，折叠着，淌流着，大江泛起泡沫，波纹，后浪推着前浪。

时间就是这样流过去的，时间在水泡的破裂中消灭，时间也起着波动，也起着流响，时间在江干上划成一道银色的倒影，这时秋意就深了。

沿着南浔铁路的终点，鄱阳湖的水气支配着地面的季候，庐山给一千五百公尺以上的白云封锁着，湖也像江水似的泛滥着。

江南的秋天的树叶并不很快的脱落，树叶是从单一的绿色转成红，黄，紫，褐，各种颜色。树上开着花，果球绽出白色的绒团来，一堆堆的芒草在原野上堆起，芒叶剑形的伸张，铁树样的蒺蕨在丘陵上长着，还到处滋生着“满天星”，下起雨来就像青萍似的到处在土缝里钻出。

湖在吞吐着大江，像水母色的蚌肉一样吐出水舌来，湖像一个没有吃饱的胃脏，在长江的腔膛里吸取着白色的食物，这胃脏用昏黄的胃液消化着食物，所以这土地的肥料是沃厚的。

这一地带的气候，大半都是给湖决定了的，三汉口，汪家墩，黄老门，牯领，马回岭，乌石，大腊包，大孤山，沙河，大沽塘，流澌桥，这一带的气候，都看着江的云下雨，看着江的水起风，看着江的淌流向前倾斜着。

铁岭经曾死去过，铁领曾在昏迷里失去了视野忘记了这一切，现在这些有光的有色的又从新把他眼睛给照亮了，他站起来了。

他从新又看到了大江，江水爽直的流下去，黄浊的，闪着燠郁，还漂浮着紫色的帆和蓝色的帆。大江是明朗的，开敞的，愉快的，洪笑着的，跳跃着的，奔驰的，前进的，灵敏的，健康的，大江在载送着人，船，木材，大江在育养着水草，鱼，虾，大江在森林，石头，砂碛，码头，水埠上过去，大江的水声发出蓬勃的大响，大笑的走过。

铁岭走到空场，拾起一颗小圆树干来当作枪，伏在地上，向远方瞄准起来，病人初愈，两手托枪，却不免要颤动着的，他想试验一下，自己是不是体力不济，握枪是否不能平衡。他作着托枪的姿式，跪在地上，向远方瞄准，久久的不动。

他把眼睛睲着当瞄准器，圆棒的一端当枪口，向前放射。

在青蓝的天际，弋飞着白色的鹭鸶，蚊虻也飞过去，炮声在附近响着，他对准着一个小土堆，一直的瞄准着。道旁有自己的辎重部队在活动着。

铁岭把眼光投注在每个活动或静止的目的物上，然后不为所动的停留在那应该予以射击的一点上，一动不动。

四周的变动都能够引动着他，都能在他身上唤起反应，而他就能够在这些动的里面找寻他应该予以射击的一点。

他的两臂毫不颤动，他的呼吸均匀。就像他漫不经意的攀动着枪机，而这一击是无不命中的。

他是曾经跌倒过，……人给他挖好的深坑的傍边，但是现在他起来了，在找寻着那曾给他倒地者的一击的……。

没有什么能战过他，因为他已经断绝了失望和痛苦的念头。他举起枪来，找寻出他应该予以射击的一点，一动不动。

他记起自己一切责任，就如他记清天空和原野是在他面前一样，他记住一切的机警和奋激，要绵密侦察地形，顾虑射击区域内的状态和邻班的关系，力求发扬各种武器的最大效力，以决定轻机关枪的射击位置和步枪组的配置。……

他的位置是背着湖，面对着大江，他的眼光是灵活的，而又凝固的，迎着闪光他看顾着左右东西，空气是湿濡的，他的全身却是干燥的，他如在山涧上追赶着一条野狼，他知道自己的对手走的是那一条路，自己走的是那一条路，他在小道上伺候着他，而且等着给他致命的一击，这一击是和敌人打击他的一模一样，他是多早晚就想给了他敌人这么样的一击的呀!

他看得准，打得狠，射得稳，他是这样的，他的两肩平平的，没有动，没有颤抖。

他在保卫着大江。

起队号吹起来了，黎明的巨眼张开了，旷野上有一个巨人在行走，他的脚步提起时，也是千千万万的脚步，落下时也是千千万万的脚步，千万的人呼吸着，千万颗引火等着爆发，千万只的眼睛在向着天际的水平注视，千万的心脏形成一个心脏在跳动着。……

草原上洪大的背影走了过去。

大江是多么美丽呀，柔韧而且光滑，像一条冰的带子……在太阳下面她闪着水晶一般明澈的光，在月亮下边，全个大江都是金黄的……大江流泻着成为一个无可比喻的意志的激流……她的呜咽和吼叫，都是从四万万人民的眼泪合成的愤怒的哭声和感激的笑声所凝成的……大江是向东奔流的，因为东方有她的目的……大江是浩荡而且激扬，她带着中国五月的血流向前不顾一切的奔淌……她里面埋藏着中国古代的船舨，泥土的儿子的尸身，她带着我们领袖的号召和呼喊，向前走去，他带着，她带着我们民族的欢呼和苦楚，忍耐和自信，工作和前途，希望和梦想，瑰丽和奇伟，广大和饱满，震憾和疯狂；月亮照过她，风吹过她，雨打过她，时间侵蚀过她……但是大江是这样洋溢着热力和爱力，她喂养着两岸的赤脚的农人，拿着竹篙的船夫，和骑着竹马的孩子……第三代的会笑的婴儿，第四代会唱歌的婴儿……

大江宽阔而且汹涌，从来不想停止过，虽然有时候她好像流淌得过于缓慢……

大江是我们最饱满的血液，她浓郁的包容着我们中国的雄健和悲哀……

大江是女娲的儿女……她从来都没有忘记来孳生她的繁衍的世代……

大江是这样的流去……

铁岭的眼睛深深的注视着大江。

（完）

后 记

对于精确性过度的爱好，指使我有着接触各种广泛的或偏僻的知识的必要。为了要表达一个人，我必需得尽可能的叙述出他的族系来，无论他的家族，展开得如何局促或者简直没有发展过。而且，我也必须写出他们活动的场景来不可，即使在他们卑微的生活里，他们从小到老只走过一里半路。而且，为了要明确的知道这场景的特质和绝对的真实，我甚至对这一地带岩石的断层也起了嗜好。也愿意知道他们用以抹墙的泥土是否混有铁粒，以致落雨之后，土墙因而变红起来。我愿意知道当地妇女画眉的技术是否因为这里山黛的青葱，还没有被充分利用，所以只能用蒿草的灰尽来描绘。而且，倘使这里是樱桃园的所在地，土著的贵族妇女就都使用樱桃木炭来装扮她们的脸子。那么，在写明这些之前，我就有耐心去调查出此地樱木的价值和出产量，是否允许那夙以俭德著称的当地妇女如此的浪费了。

在日常生活里，我们对于事务的观察，还缺乏科学的根据。其实，不想从社会科学和自然科学上来判别人事，在叙述事实里绝难安置一个有生命的主人的。同样的不从物理学和化学的认识上来反映自然界，那被写出来的气候，没有经纬度的差异，被写出来的土质，不能断定那是黑钙土或紫棕壤，在山地里，雾气不因日出而消逝，在高原上，牧马不因秋风而长嘶，那是不可能的。

对于山林的判断上，一般的人都以为所谓作家云者，常是一个风景的浮夸者，感情的即景者。对于风花雪月，不过是信手拈来，聊快于意而已。我们的见解却微有不同，我们承认地理教科书上有人文地理这一章，而从地理的分布上和气候的变异上来注视一种人事上的活动，乃是必具的常识。

所以，我写大江的时候，我便充分的写了大江，我没有混同的去写成黄河或珠江，而也写出了它的季候。

至于写人物，我是这样处理的。我以为成为一个人物，他便有了双重的负担，第一：他有着他所属于的阶级的一般的命运。第二：他有着他自身生活历程的个别命运。生为阿 Q，他是有着与小 D，王胡的共同命运的，在椿米，帮闲，光起脊背捉虱虫，……等等那样的命运的，而阿 Q 自己却有着他个人的优胜记略，或者续优胜记略，或者是大团圆的。这则为小 D，黄胡所不必有。

我写的人物和他的理想必然的限制于他们自己的命

运的圈子里，不管他自己怎样解释自己的生活，他也不能从中国人的命运的范畴里游离开去。铁岭对于自己的命运是茫然的，他觉得自己最正当的命运是农夫。这个理由是非常单纯的，因为他自己就是农夫呀，或者说他是比农夫更单纯的一个猎人。他对民族国家这些观念的东西，是颇难于理解的。他并不是个大勇者，他可能逃避的时候就尽量逃避，可能不去理解什么东西，他也不必去理解，他的思维是平面的，代数学的，不是建筑性的，非螺旋线的。

李三麻子是个生命的渗透者，失意者，畸零者，他的嘲弄的意味，甚于他对人生所要求的，他的求生的技术是高明的，他可以在人生的夹缝里钻来钻去。在主观上他是与人生的善的一面，全不相容的。但在客观上，他却常常反被善的那方面所吸收。因为他是一个澈底的世故者，对于恶的洞穿，他也是深入的，浪费别人而至于对自己无益，他是不作的。毋宁说他对自己是个哀悯者，他对自己也是从纯自然观的观点来处置的。对于铁岭的友谊，乃是以共同力量来克复当前困难的行进群所具有的一种必然的同志爱。为了必要求生存而发生的同志爱，这在李三麻子是朴素的，他的正直是有点倾向性的，他也需要温暖。铁岭则对这些无所感，这种情感曾被他认为无价值，而予以舍弃。舍弃之后，又被孤零所逆袭，而从新屈服于这种感情。因为单凭他一个人的奋斗，他的困难是要加倍的。环境规定了他必须对于同伴结合。铁岭是个人主义为群众的力的屈服者，李三麻子则是爱群的合群的，但他对群没有尊重心，然而他们两个却都被群给征服，不管怎样挣扎和绝望，都不能逃出群的创造。

他们有着中国农民的一切弱点，他们也有着脱离了生产关系（长期的或短期的）游荡的惰性。但事实却把这些个打得粉碎，他们唯一的可能只有服从事实，酷热是事实，苦斗是事实，生活或者死亡。而他们必得服从他们所属于的群的大流，他们必得被群所创造，他们两个的过去的凝固性该多么强烈呀，但在群的创造之下，他们都成了英勇的战士，而他们这些原始的野生的力，表现在这个当儿，反而更能看出我们这个民族所蕴蓄的力，一些个梦呓者说我们的民族已经腐朽，请他睁开眼看看这个民族的各色各样的野力吧，多么新鲜，又多么慓悍！任何民族恐怕都没有这样韧性的战斗的人民！

他们的某几种性格也是可以复现的，但也可以在不断的克服的过程中退消以至于零。他们都是粗鄙的人，原不是什么阀阅世家出身，所以他们要把最细腻的感情也都得靠着粗鲁的手势和言语来传达。他们的自觉常常起于直觉。

我在这里所谓的命运，却要加以声明的，这并不是什么宿命论者的玩意儿。这是要请读者诸君不要过份的善于理解。我所说的命运，就是这大时代所加给他们的任务。为了要达到任务，他们必需走一条路，这条路是他们必得走的，这民族的路。

其实，我是欢喜巴尔扎克更甚于莎士比亚的。我以为莎士比亚所写出的是广泛而洪大的，但他的结论依然把没尾巴的猴子拴在命运的车轮后边，虽然不必是老老实实的拖死，也许或者是一种爱液甜蜜的涂抹，但是，在那后边却依然有个顽皮的孩子，在那儿得意的狂笑。他依然继承着希腊悲剧的传统，他的悲剧的最高主宰者没有变，那还不是人类的力量所可变的。而巴尔扎克便不同。巴尔扎克的一切"英雄"，没有例外的，都是一种特殊的情欲。这种情欲对于他本人成为一种生理上的命运。而且，即使这种情欲的种子，是他们从娘胎里带了来的，那么，这个种子也只有在周围条件的影响之下逐渐的发展出来，等到这种情欲的发展到了自己的最高点，（例如郭里沃的爱情，格朗代的吝啬，巴勒塔萨·克莱塞的研究科学的倾向，克莱维尔的虚荣心，郭洛男爵的感情主义）这情欲就成了无限制的统治者，它逐渐的把其余的感情一个一个的克服，而把那个人变成了一个"单调的人物。"（mono-man）

"巴尔扎克的小说是凯旋的情欲的记事诗：在这些小说里面，人成了某种情欲的玩具，这种情欲统治着他，作弄着他，好像希腊悲剧里的人是某种神道的玩具，那些神道用自己的影响引导这个人或者去犯罪，或者去做什么英勇的功绩。”

生活条件的改变，必然的要引起这种动物的机能，习惯和性格上的变化。

巴尔扎克深信这种理论的正确，也非常之细微的描写他的英雄所处的条件，以及他所以行动的条件。他并不像左拉那样害怕那些“几千种复杂原因”，他并不逃避这些原因的分析，这些原因决定着人的行为，而影响着人的情欲。莎士比亚笔下的人物，情欲是在演戏者的衣服上或者名字上象征着。哈孟雷特的忧郁是他的命运所指示给他的无可逃避的路，是他命运的终结，而格朗代的吝啬，克莱维尔的虚荣心，却才是他命运的开始。所以，我要重复申述一句，我所说的命运，就是一个人对于人类所具备的关系。这种关系决定了一个人类的单子。

我以为把一个人的一生无条件的交给一种情欲去受无限的统治，这种描写也——必然的要遭受抗议。尤其是社会的机构在钜烈的改变的现代，甚至国际的影响都会很容易的接触在一个次殖民地的农民的身上。一刻的因果都在错综的绵密的，组成其不可分性。在这个时候，李三麻子的奇异的情欲，已经褪到不能决定他的生命的小小的疤痕了，他所遭受的命运反而改变了他的情欲。（铁岭也如此。）

我写的是一种要求。什么是要求呢？比如说：对于饥饿，欲望只化成对面包的乐趣。由于爱情的脱节，而引起歇斯底里的疯狂，这些都是。要求也者，是和人类的贪馋的渴望可以相比拟的。贫苦对于被肉的香气的袭击之后所呈现的那种可怜相，即使是他自己看在镜子里的那直视的眼角，半痉挛的嘴唇，流淌着不止的口水，机械的反应，自己也要羞辱的吧！一个人的意志，会屈服在一块不足二两的肉下，这是可笑的奇迹。但是高雅的绅士，请不要见笑吧，他这一行动，正是每个干枯的细胞共同的愿望，但他拥有三万六千颗细胞，他们也会投出三万六千张攫取那肉的一致的投票的，一个烧干的汽车，经过汽油站也要回顾一眼的。

我以为要求的内容，就是满足其生活的意志。所谓意志的限定是从最初的本能到最高的求生权。那等差则由依附他的社会距离来决定它。中国对于生活平庸的要求，由于农业社会生产手段的低落。和历代统治者所散播的安贫乐贱的道德观。人们对于起码生活以上的要求，便算是罪恶。一切生存的条件都是停滞的，人的生活欲求常常在先天感染到屈辱的谦卑，我们的敌人乐于把这种屈辱的谦卑，看成是我们民族先天的本能，当作我们的民族性来研究。所以在他们的侵占区域里，他们就尽量制造一些奇迹来提供根据，他们把一个老妇人的屈辱，或者一个父亲的痛苦，用刺刀造成，来向他们国内宣传。

或者，他们把强迫一个中国年青妇女的事实摄成影片，寄给家中的妹妹，说："你看支那的女人是这样的呵！"他们想把中国竭力说成没有礼义廉耻，天生成的下贱民族，但是物质生活上的低落，却正昂扬着他对于现实的不死的要求。我们承认一种生活低落的结果，会使一个民族的道德凝固成为一种肉体上的谦卑，使他们近乎懦怯者，但请勿忘记，这剥夺到最后也剥出了他人的本能，想怎样去透底的求活。这透底的求活之成为要求，是苦辣的，我们的敌人是怎样震惊于我们这种懦怯之成为大勇者。这苦辣，是使像一些外国作家陷于困惑，而无法消化其在中国所收纳的现象的。

我是服膺这样的方法的，不但看见表面，而且要深入内部，研究组成部份的相互关系和相互影响。先把每一个组成部份隔离起来，研究它的发展过程，它的形成的历史之后，再去看出环境对于事务的影响及事务对于环境的影响。然后再回到这对象的发生，变化，进化和变革，一直到这对象的最后的影响。

事物和个人并不是个自存着的，自己为自己，自己存在着的而与周围没有联系的。而且，认为这一切互相排斥或互相吸收的都是统一起来形成一个复杂的永久运动着的世界的。这个世界的生活，表现在他的各种各样的不断交换的行动和反行动之中。

但是这种写法，也遭物议的。在我们这个文坛上，也还流行着一件新的玩意儿，这玩意儿是从“铁流”被介绍到中国以后才产生了的，就是：“你的小说没有写出群众”。或是你的小说只有写到群众，而没有写出“个人”。这是一句话的两面。是和鲁智深要和郑屠割肉时所坚持的理由相仿佛的，你有油，他要醋，你有醋，他要油，你都有，他叫你杂货店。文章而至于杂货店那是大大要不得的，所以又是一回拉倒完蛋，关门大吉，呜呼哀哉。最后仍然是批评家胜利，因为希特拉是没有本钱的，死的是德国，与希特拉何干！但是我确实写了群众，我的书是以群为主角的，因为我写的是“铁岭”“李三麻子”，两个多棱的家伙，这两块顽铁，怎样的被在群的道路上改变，他俩怎样成为了精钢，成为了中华民族在这次大斗争里面的活的标本。我写的是群的力，在他们身上所发生的投影，怎样的起了作用，我写的是一个民族战斗员的长成史，谁使他长成的呢？是群。在大群众之前，他俩的生活史，精神历险和被创造。

我所写的还很少，我没有法力支配十万字能说出全部的东西，我所写的只是“我半世亲见新闻”的这几个“人”，虽不敢说强似前代书中所有之人，但观其事迹原委，也是“消愁破闷”，“科尔沁旗下的草原”如此，“大地的海”如此，“大江”也复如此。

嵇康谓无中生有之徒曰“已嗜臭腐，养鹓雏以死鼠也”。我们对这些玩弄现实的超现实主义者们，原是不必存些许儿介意的。“海边有逐臭之夫”我们是爱莫能助的。这些东西，让他的殿堂建筑在垃圾堆上吧！

巴尔扎克说：“一个作家，若是没有触犯批评的炮火的决心，就不应该再动笔了”。中国根本没有批评家，所以我连触犯他们的决心也没有。

有一种“红头火柴”是非常勇敢的，他是一擦就着了的。一把火，烧了你再说。那怕是这把火，只是红头火柴的火，也在所不计的，其所以者何，“已嗜臭腐，养鹓雏以死鼠也”。这道理是古今同慨，中外同轨的，曾读过爱伦堡的论文的人，一定会明白喜欢吃臭野鸡的人们心理的奥妙的。但是火柴呀，火柴，你这小小的可爱的火柴……你的烈情和豪举是多么天真又是多么富于自我牺牲的呀，而人类从来没有人为了火柴的灭亡而唤起同情，人自然是残酷的。

想用批评来征服一个作品是不可能的事。那是一些可怜的情急的批评家的幼稚的幻想，相反，一个作品却可以征服批评，还是无须举例的，契霍夫的作品因为短，便使得批评家们绉起眉头。那算些什么呢？似兔子尾巴似的玩意儿。但是，这个短尾巴的不伦不类的东西却一直存在下去，而那些可怜的批评家却夹着尾巴跑了。

但是，一个批评却可帮着完成一个作品，我说的完成并不含有一般空泛的意义的。我说的完成在于那个批评家肯下一番工夫来说明那作品的艺术性和时代性，并且还有耐心去观察一下产生这作品的那一瞬的时间和空间，而不是坐在一只莫明其妙的火箭上来和时间竞赛的，像拉法格的对于左拉的金钱的成色的辨别和列宁在对托尔斯泰研究上所打下的耳光，像高尔基对于杜斯退益夫斯基所作的呵斥和读者群对钟安德列夫的舍弃。

批评家是应该在作家忘我之境所写出的东西里发掘出作者的自我来。

大江是仍然没有完结就收拾了的，希望再有继续它的余裕。全书开始于一九三九年二月一日。完成于同年十一月二十四日。今天在深夜里我写着这篇后记。

一九三九，十一，二十五日，重庆复旦大学，秉庄。

图书在版编目（CIP）数据

大江 / 端木蕻良著. — 北京：中国国际广播出版社，2013.1

（良友文学丛书）

ISBN 978-7-5078-3563-2

Ⅰ. ①大… Ⅱ. ①端… Ⅲ. ①长篇小说—中国—现代

Ⅳ. ①I246.5

中国版本图书馆CIP数据核字（2012）第265790号

大 江

著 者	端木蕻良
责任编辑	张娟平 聂福荣
版式设计	国广设计室
责任校对	徐秀英
出版发行	中国国际广播出版社（83139469 83139489[传真]）
社 址	北京复兴门外大街2号（国家广电总局内） 邮编：100866
网 址	www.chirp.com.cn
经 销	新华书店
印 刷	环球印刷（北京）有限公司
开 本	620×920 1/16
字 数	125千字
印 张	17.5
版 次	2013年1月 北京第一版
印 次	2013年1月 第一次印刷
书 号	ISBN 978-7-5078-3563-2/I · 412
定 价	48.00元

CRI 中国国际广播出版社 欢迎关注本社新浪官方微博 官方网站 www.chirp.cn

人文阅读与收藏·良友文学丛书

(1)	鲁　迅　编译	竖　琴
(2)	何家槐　著	暧　昧
(3)	巴　金　著	雨
(4)	鲁　迅　编译	一天的工作
(5)	张天翼　著	一　年
(6)	篷　子　著	剪影集
(7)	丁　玲　著	母　亲
(8)	老　舍　著	离　婚
(9)	施蛰存　著	善女人行品
(10)	沈从文　著	记丁玲
	沈从文　著	记丁玲续集
(11)	老　舍　著	赶　集
(12)	陈　铨　著	革命的前一幕
(13)	张天翼　著	移　行
(14)	郑振铎　著	欧行日记
(15)	靳　以　著	虫　蚀
(16)	茅　盾　著	话匣子
(17)	巴　金　著	电
(18)	侍　桁　著	参差集
(19)	丰子恺　著	车箱社会
(20)	凌叔华　著	小哥儿俩
(21)	沈起予　著	残　碑
(22)	巴　金　著	雾
(23)	周作人　著	苦竹杂记　（暂缺）